Anne Cattaruzza

La femme de Tom

Pour joindre l'auteur
Par courriel :   info@annecattaruzza.com
Site Web :   www.annecattaruzza.com

Révision :   Rachel Wach & Max Wach
Graphisme :   Jimmy Gibbs

Dépôt légal — Bibliothèque et Archives nationales du Québec, 2016
Dépôt légal — Bibliothèque et Archives nationales du Canada, 2016

Données de catalogage avant publication (Canada)
Cattaruzza Anne
  La femme de Tom
  ISBN 978-2-9815981-0-3
  I. Titre.
PS8605.A879F45 2016   C843'.6   C2016-941053-6
PS9605.A879F45 2016

Table des matières

Chapitre 1

Brownsville était une bourgade paisible, perdue au milieu des champs, où les habitants menaient une vie simple.

À minuit cinq, le douze mars 2015, tout bascula sans que personne ne s'en rendît compte. Maurizio Vapenna, le boucher, saoul comme une barrique, claquait la porte du bar "la Taverne" en hurlant dans sa langue natale parce qu'on lui avait refusé un dernier verre. Le patron, Etienne Tremblay, essuyait sa vaisselle en sifflotant un air d'Elvis Presley, nullement impressionné par les jurons de son ex-client. Une rue plus loin, madame Turner, une vieille dame de quatre-vingt-six ans, éteignit enfin son poste de télévision et alla baisser le thermostat du chauffage pour la nuit. Trois rues plus loin, dans la cave d'un immeuble, une chatte mettait bas deux chatons. Deux étages plus haut, chez les Smith, le téléphone sonnait. Un homme, début quarantaine, cheveux bruns en bataille, décrocha le combiné d'une voix endormie.

— Allô ?

— Chéri, c'est moi. J'ai fini, je serai là dans dix minutes.

C'était là les derniers mots de Julia Smith à son mari Tom. Celle qui allait, bien malgré elle, faire basculer le destin de Brownsville.

***

À minuit dix, Maurizio Vapenna, cinquante ans, roulait sur la route principale, tentant tant bien que mal de rester alerte. À minuit dix toujours, Julia Smith, trente-cinq ans, roulait sur une route perpendiculaire en direction de son domicile, après avoir achevé son travail d'infirmière.

À minuit onze, les deux voitures arrivèrent au carrefour, délimité de chaque côté par des feux de signalisation. Malheureusement, Maurizio Vapenna omit de tenir compte de ce détail et passa le feu rouge, le pied sur la pédale de l'accélérateur. La voiture de Julia Smith fut heurtée de plein fouet.

***

Chez les Smith, Tom faisait les cent pas. *Mais que fait-elle bon sang ? Elle aurait dû être là depuis belle lurette !* Bien que sa femme travaillât de soir depuis plus de trois ans déjà et que l'hôpital n'était qu'à dix minutes de leur appartement, une vague d'inquiétude le submergea. Il n'aimait pas la savoir seule. Julia était jolie et beaucoup trop sociale à son goût. Et ils avaient beau habiter une petite ville sans histoire, les détraqués étaient partout. Il consulta pour la énième fois sa montre. Il s'était passé quelque chose, il en était sûr !

***

Maurizio Vapenna, dégrisé par le choc, sortit de sa voiture et contempla le sinistre spectacle. Il s'approcha de la voiture accidentée et aperçut la femme, le corps disloqué, les yeux fermés et le sifflement rauque qui lui tenait lieu de souffle. Elle était encore vivante ! Maurizio Vapenna n'en revenait pas. Il se rua sur son véhicule, ouvrit à toute volée la portière du conducteur, fouilla frénétiquement à l'intérieur, saisit son portable et composa le numéro d'urgence. Mais le boucher de Brownsville n'eut pas le courage de rester et fila sans demander son reste. Il cacherait la voiture, s'en débarrasserait même, car il savait que la sentence pour conduite en état d'ivresse était sans merci.

Le bruit strident d'une sirène résonna dans la nuit. Quelques fenêtres s'allumèrent à l'orée du carrefour, révélant une vision de cauchemar. Pendant quelques minutes, l'agitation régna comme en plein jour au coin de la route principale, puis l'ambulance repartit en hurlant.

Madame Turner repoussa le rideau, déçue de n'avoir pu distinguer la silhouette qui gisait inconsciente dans la civière. Elle avait hâte d'être à demain pour en savoir plus !

Tom Smith avait reçu le coup de fil fatidique. Non, pas sa Julia, ça ne se pouvait pas. Il était abasourdi, essayant de rassembler ses idées. Il se sentit nauséeux tout à coup et se précipita dans les toilettes où il vomit toute sa douleur. Mais la douleur ne partit pas et il se retint pour ne pas hurler comme une bête sauvage. *Dix ans de mariage pour en arriver là ! Seigneur, faites qu'elle ne meure pas, nous avons deux petites filles, je ne le supporterai pas.* Tom se releva péniblement et son reflet dans le miroir lui déplut. Il se mouilla le visage et tout en lissant ses cheveux ébouriffés d'une main, attrapa ses clés de l'autre et se dirigea vers la porte d'entrée. Il alla frapper chez sa voisine de palier, sûrement réveillée elle aussi, par les alarmes stridentes des ambulances.

— Ah, madame Baker, je suis désolé de vous déranger à une...

— Vous ne me dérangez pas du tout monsieur Smith, je n'étais pas couchée. Que se passe-t-il ?

— J'aurais besoin que vous me rendiez service. Je... je...

— Vous allez bien, monsieur Smith ?

— Oui, enfin non. S'il vous plaît, pas de questions. Pouvez-vous garder mes filles quelques heures ? Je vous paierai.

— Tututut ! Qu'est-ce que c'est que ces histoires d'argent ? Si on ne peut plus se rendre service entre voisins ! rétorqua la vieille dame, heureuse de sortir enfin de sa solitude.

Tom esquissa un sourire de reconnaissance et murmura un merci tout en lui tendant ses clés.

Bien que ne connaissant pas très bien sa voisine, il savait que c'était quelqu'un de confiance. Déjà, il déboulait les escaliers tout en démarrant à distance sa Kia Sorento, garée en face de leur immeuble. Il fit crisser involontairement les pneus et faillit rater le stop de leur rue. *Du calme mon gars ! Concentre-toi !* Il se fit un point d'honneur de ne brûler aucun feu rouge, malgré les rues désertes et l'urgence de la situation. Il ne savait même pas si la femme de sa vie et la mère de ses enfants était encore de ce monde. *Julia, accroche-toi ! J'ai besoin de toi. Les filles ont besoin de toi. S'il te plaît, bats-toi !*

***

L'ambulance s'engouffra par l'entrée des urgences. Une vingtaine de mètres plus loin, un homme dans une voiture noire observait la scène avec des jumelles. De la vitre ouverte, on entendait les voix des ambulanciers et des médecins qui se pressaient autour de la civière.

— Foie perforé, fracture de la colonne vertébrale, dans le coma depuis notre arrivée... avertit l'ambulancier à l'attention du médecin de garde qui s'avançait.

— Est-ce qu'on peut la récupérer ? s'enquit le médecin d'une voix professionnelle.

— Je ne crois pas docteur Parks. Ça fait quinze minutes qu'elle est sous le respirateur artificiel !

L'homme posa ses jumelles et composa un numéro rapidement sur son portable. Une voix féminine lui répondit.

— On a ce qu'il nous faut, annonça l'homme. Grand et sec, une barbe blanche taillée courte qui trahissait son âge, le docteur Burke, semblait mal à l'aise malgré son air posé.

— Oui ? demanda la voix froidement, attendant visiblement la suite. Le médecin poursuivit :

— Coma depuis une vingtaine de minutes. C'est une femme dans la trentaine.

— Très bien, renseignez-vous sur son identité. On vous recontactera.

Elle avait déjà raccroché ! *Et bien pour un premier contact, c'est plutôt froid. Tu t'attendais à quoi Burke ? À socialiser pour te faire des amis ? Réveille-toi, tu es avec des pros, là !*

Burke eut un léger frisson. Il savait qu'il s'était lancé dans une aventure très dangereuse, qui pourrait non seulement lui coûter sa carrière, mais même sa vie... s'il échouait. *Mais je n'échouerai pas ! Ce sera au contraire le couronnement de ma carrière.* Assis confortablement dans le siège en cuir de sa voiture, Burke se laissa tenter par une cigarette mentholée, les seules qu'il aimait. Il appuya sur un bouton ouvrant la vitre avant de sa BMW noire et souffla dehors les volutes de fumée. Avec ses lunettes fumées et son pardessus noir, il ressemblait à un gangster des années cinquante. Cachée sous l'ombrage de grands arbres entourant le complexe hospitalier, la voiture du docteur Burke était pratiquement invisible. Quand bien même on l'aurait reconnu, Burke n'aurait pas attiré l'attention puisqu'il était le cardiologue en chef de l'hôpital Ste-Marie de Brownsville.

***

Dans le couloir, Tom se pressait les mains en faisant les cent pas, rongeant son frein. Il avait envie de crier et surtout de pleurer. *Et si elle mourait ?* Il n'avait jamais envisagé une telle possibilité dans leur vie. Lui et Julia n'avaient même pas fait de testament ! Encore moins donné des instructions pour un enterrement. Ils n'étaient ni l'un ni l'autre d'une confession quelconque. *Arrête avec tes idées noires ! Les médecins vont sûrement la sauver.* N'empêche que pour la première fois de sa vie, il réalisait qu'il n'avait jamais pensé à l'après-vie, à Dieu. Oui, bien sûr, il devait bien y avoir une force créatrice pour régir ce monde, mais Dieu lui existait-il vraiment ? Et si Dieu existait, alors pourquoi tout cela arrivait-il ? Pourquoi permettait-il la souffrance ? Tom se sentit submergé par un flot d'émotions contradictoires. Pourtant, ce soir-là, il n'eut pas l'idée de prier, encore moins de mettre Dieu au défi.

On lui avait dit d'attendre dans le couloir alors que son épouse était en salle d'opération. Contrairement à la plupart des étages du petit hôpital, il régnait un silence oppressant sur celui de réanimation où seuls résonnaient les pas de Tom. Julia était la femme de sa vie depuis dix ans. Elle lui avait permis d'être le papa de deux magnifiques fillettes, Élaine et Lily. Julia lui avait aussi apporté un équilibre qui lui manquait tant au début de leur rencontre. Il s'assit sur l'unique banquette du couloir, s'adossa au mur et ferma les yeux.

***

Onze ans auparavant.

Attablés à la terrasse du très réputé restaurant français de Brownsville, *Chez Paul*, tenu par le légendaire chef cuisinier Paul Dupain, Tom triturait sa serviette blanche, les yeux baissés. Il avait peur tout en étant extrêmement attiré par la jeune femme qui lui faisait face en souriant. Ils se fréquentaient depuis quelques mois déjà, apprenant à se connaître tranquillement. Julia était une jeune femme bouillonnante de vie, spontanée et même gaffeuse par moments. C'est d'ailleurs en lui marchant sur le pied avec son talon aiguille dans une file d'attente d'une boulangerie de renom, qu'elle entendit pour la première fois la voix puissante de celui qui allait devenir son mari. La trentaine de personnes présentes se figea et Julia put apprécier le degré de civilité de sa victime, alors qu'il s'excusait de lui avoir hurlé dans les oreilles. La jeune femme lui proposa ses services d'infirmière, mais il refusa catégoriquement de lui montrer son pied. Déconfite, elle se confondit en excuses et lui acheta un gâteau malgré son refus. Tom n'eut d'autre choix que d'accepter de le partager avec Julia, sous l'œil amusé des gens dans la file d'attente. Mais voilà, après une vingtaine de rencontres, Julia avait tenté de savoir si Tom avait un intérêt. Il s'était montré prévenant tout en étant distant. Pourtant, il continuait à l'inviter et semblait la courtiser, mais jamais il n'avait esquissé le moindre baiser, pas même sur la main. Était-il homosexuel ? Il fallait qu'elle sache et ce soir serait le soir de confrontation. *Pas question de perdre mon temps avec quelqu'un qui te voit comme une « pote ». Peut-être est-il devenu gay à cause d'une femme ? Je pourrais lui apprendre à aimer à nouveau ? Ah parce que tu te crois aussi irrésistible que cela, miss Univers ?*

— Qu'est ce qu'il y a ? Il n'est pas bon mon gigot d'agneau ? demanda d'un ton bourru Paul Dupain avec un fort accent français. Doté d'une bedaine impressionnante et d'une toque de chef, le patron du chic restaurant se tenait les deux mains sur les hanches, attendant une réponse alors que quelques personnes s'étaient retournées dans leur direction. Julia bredouilla des excuses tout en enfournant une bouchée du fameux gigot d'agneau qui trônait dans son assiette. Tom sourit timidement et imita Julia. On aurait dit deux gamins pris sur le fait. Paul Dupain afficha un large sourire visiblement satisfait de l'effet qu'il faisait sur ses clients, donna une tape dans le dos de Tom qui manqua s'étouffer et repartit vers sa cuisine nonchalamment. Cette diversion eut le mérite de dérider Julia, qui se détendit.

— Alors ? murmura la jeune femme.

Tom toussota, but une gorgée de vin afin de se donner une contenance.

Il était arrivé à ce moment fatidique où il fallait qu'il lui donne une réponse plausible. Julia remarqua le malaise de Tom dont les mains épluchaient nerveusement un mouchoir en papier.

— Tu sais, je sors d'une relation douloureuse alors je ne suis pas prêt à m'investir avec une femme, finit par lâcher Tom, les yeux fuyants. *Mais qu'est-ce que je viens de dire ? Quel idiot ! Règle numéro 1 : ne jamais parler de ses relations passées !*

— Mais je ne souhaite pas te mettre la corde au cou. Je sais que ton divorce a été difficile et que tu as besoin de temps.

La voix douce de Julia le fit sortir de ses pensées négatives.

— Je... je veux que tu saches que tu comptes déjà beaucoup pour moi. J'ai envie de te dire plein de choses, mais ça ne sort pas comme je voudrais.

— Les belles choses prennent du temps.

— Tu réagis comme une femme qui a eu déjà deux ou trois vies. Tu n'as que vingt-cinq ans.

— On méprise souvent la jeunesse. Mais il est vrai que mon enfance m'a donné du vécu.

Julia avait répondu d'un ton léger, mais Tom, très sensible, perçut une gravité dans son intonation. Qu'avait-elle pu vivre ? Il la connaissait si peu. Tom tâta le terrain, mais Julia détourna la conversation et il comprit qu'elle ne se livrerait pas plus. Ils étaient dans une impasse et si l'un d'entre eux ne se rendait pas vulnérable, le début prometteur de leur relation naissante s'étiolerait comme une fleur sans eau. Alors, il décida de lui ouvrir son cœur pour la première fois en cinq mois.

***

À l'hôpital, des bruits de pas résonnèrent sur la dalle du couloir silencieux et Tom fut tiré brusquement de sa rêverie. C'était l'homme de la voiture noire. L'infirmière de garde, Suzy Blunt, lui sourit alors qu'il s'approcha d'elle.

— Ah, bonsoir docteur Burke. Mais vous n'êtes pas de garde ce soir ? demanda-t-elle poliment.

— Non, j'ai oublié des documents importants dans mon bureau. Quoi de neuf ?

— C'est assez calme ce soir, puis baissant soudain la voix tout en jetant un coup d'œil furtif à Tom assis sur un banc une vingtaine de mètres plus loin, mis à part une admission il y a vingt-cinq minutes. Accident de la route, on ne sait pas si elle s'en sortira.

Burke tourna la tête en direction de Tom qui, le dos adossé le long du mur, avait refermé les yeux, semblant assoupi.

— C'est son mari là-bas ?

— Oui.

— Montrez-moi la fiche de sa femme. Où est-elle ?

— Toujours au bloc. Tenez.

L'infirmière lui tendit la fiche de la patiente nouvellement admise. Burke s'accouda sur le haut du comptoir et parcourut rapidement les notes de ses collègues. Suzy avait repris son travail devant son ordinateur où elle tapait à toute vitesse.

— Julia Smith, née Duchènes, trente-cinq ans, épouse de Tom Smith... A-t-elle des enfants ?

— Oui, deux fillettes de quatre et six ans.

— Merci, Suzy, je vais aller voir si je peux aider. Il lui fit un petit salut courtois.

— Bloc C-2, il y a déjà les docteurs Parks et Curry.

Burke monta l'escalier jusqu'au premier étage, et poussa une lourde porte. Il traversa un couloir et ouvrit la porte du Bloc C-2. Il mit rapidement blouse, gants et masque et poussa les deux battants en plastique menant à la salle d'opération. À l'intérieur, seuls le bruit du respirateur artificiel, de l'encéphalogramme, et le doux froissement des blouses se faisaient entendre. Deux chirurgiens et une infirmière étaient penchés sur une forme gisante.

— Ciseaux. Le chirurgien, Dr Parks leva les yeux et aperçut Burke. Ah, salut Burke, méchants dégâts.

— Est-ce qu'elle a une chance de s'en sortir ? s'enquit Burke en observant ses collègues. Bonsoir Julie, fit-il aimablement à l'infirmière qui fronça les sourcils devant sa sollicitude. *Depuis quand est-il aimable avec les infirmières, lui ?*

— Bonsoir docteur Burke, lui répondit-elle sur le même ton affable, tout en tendant les ciseaux au chirurgien qui opérait.

— Peu probable, marmonna Curry, le second chirurgien, concentré sur sa patiente. Gaze, ordonna-t-il en tendant la main sans lever la tête. L'infirmière s'exécuta promptement. Chaque geste était précis. Son mari est arrivé ?

— Oui, il est en bas. Besoin d'aide ? offrit Burke.

— Non, c'est bon, Parks est là, rentre chez toi.

— Ok, à demain.

— À demain.

En chœur, les deux chirurgiens et l'infirmière avaient répondu machinalement, concentrés à essayer de sauver la vie de Julia Smith, qui ne tenait qu'à un fil en ce douze mars 2015. Parks et Curry iraient jusqu'au bout non par compassion, mais par souci d'éthique ; parce qu'ils détestaient perdre un combat avec la mort ; parce que c'était leur travail tout simplement. Mais cela ne changerait rien à leur vie plus que confortable, à leur prime de vacances, aux invitations aux tournois de golf par les grands de ce monde et à tous les avantages auxquels des chirurgiens de renom pouvaient aspirer dans la vie.

***

Tom, les yeux cernés par cette nuit effroyable qui n'en finissait pas, aperçut le docteur Burke qui revenait un document sous le bras et l'interpella.

— Vous avez du nouveau docteur ?

— Malheureusement, non. Bonsoir.

Burke avait répondu sèchement, trop vite, ignorant les yeux implorants de l'homme, les mains jointes. Pourtant, il avait vu l'état de Julia et il aurait pu le préparer à ce qui l'attendait. Atténuer le choc. Mais au fond de lui, il ne ressentait qu'une profonde indifférence envers cet homme éploré et il était pressé.

— Ah...

Tom se rassit, plus voûté que jamais.

L'infirmière Suzy, qui n'avait pas manqué une miette de la conversation, soupira en son for intérieur. Malgré ses trente ans et quelques de loyaux services, elle ne s'habituerait jamais à l'idée que son service perde des patients, encore moins à devoir annoncer aux familles la nouvelle. Car cette tâche ingrate lui avait incombé à plusieurs reprises.

Tom Smith attendit des heures avant de pouvoir apercevoir le visage tuméfié de sa femme. Il ne put la contempler que quelques instants avant d'être sommé gentiment, mais fermement de rentrer chez lui. On l'avait préparé au décès éventuel de sa femme. Quand Tom reprit la route ce soir-là, ce n'était plus le meilleur vendeur de voitures de la région, mais un homme brisé par la vie. Il ne pouvait accepter la mort probable de Julia et ce n'est que l'épuisement qui le

fit sombrer dans un sommeil agité. Mais ce qui l'attendait le lendemain

était bien pire que tout ce qu'il aurait pu imaginer.

Chapitre **2**

L'aube se leva radieuse avec ses chants d'oiseaux et l'activité humaine reprit dans un bourdonnement de ruche pressée. Chez les Smith, la radio diffusait les catastrophes habituelles. Tom essayait tant bien que mal de préparer ses filles pour l'école. À sept heures tapantes, il était allé réveiller Élaine et Lily qui partageaient une grande chambre. Élaine, l'aînée dormait en haut du lit superposé à la grande frustration de sa cadette. Les fillettes encore ensommeillées se dirigèrent vers la salle de bain tandis que leur père essayait tant bien que mal de figurer un ensemble chandail-pantalon pour chacune. *Est-ce que ce top vert et ce pantalon gris-jaune vont ensemble ? Et c'est quelle taille celui-là ? Il est beaucoup trop petit pour Élaine ! Oh, pourquoi c'est si compliqué ?*

— Allez, dépêchez-vous les filles, vous allez être en retard !

— Ça sent le brûlé Papa, se plaignit Élaine en entrouvrant la porte de la salle de bain pour récupérer les vêtements que lui tendait son père.

— Arghh ! Les toasts ! Aide ta sœur Elaine !

En quelques enjambées, Tom rejoignit la cuisine, débrancha précipitamment le grille-pain et ouvrit la fenêtre guillotine pour laisser échapper l'épaisse fumée qui avait envahi la pièce.

— Ah, mais c'est pas vrai, tu les accumules toutes ce matin !

Il extirpa du grille-pain les restes calcinés de pain, les jeta à la poubelle et remit deux nouvelles tranches de pain frais à griller. Tel un prestidigitateur, il attrapa deux bols, une banane qu'il coupa en deux, deux cuillères et le lait chocolaté acheté la veille par Julia.

— Lily ! Élaine ! À table ! Dépêchez-vous ! cria Tom tout en servant les toasts. *Mais comment fais-tu Julia pour survivre à ce stress ? Je n'y arrive pas tout seul.* S'apitoyant sur son sort, il n'aperçut pas Lily dans le cadre de la porte, simplement vêtue d'une culotte rose.

— Où est maman ? demanda la petite fille d'une voix inquiète. Tom se retourna.

— Mais qu'est-ce que tu fais dans cette tenue ? gronda son père.

— Élaine ne veut pas m'aider à m'habiller, pleurnicha Lily.

— Élaine !

Prenant la fillette par la main, il la raccompagna au pas de course à la salle de bain où il découvrit son aînée brossant soigneusement ses longs cheveux châtains. Il la sermonna tout en habillant en un temps record la cadette, qui bousculée, se mit à pleurer. Tom la consola comme il put, la prit dans ses bras et, Élaine sur ses talons, se dirigea vers la cuisine où il l'installa devant son déjeuner. Il allait devoir revoir la routine du matin ou engager madame Baker. Heureusement qu'il avait pris sa journée, car il aurait été autrement terriblement en retard à son travail.

— Pourquoi maman est pas là ce matin ? demanda à son tour Élaine.

— Maman a eu beaucoup de travail cette nuit et elle est restée à dormir à l'hôpital, mentit leur père en faisant mine de s'affairer.

— Est-ce qu'elle va revenir bientôt ? demanda d'une petite voix Lily.

— J'espère mes chéries, soupira leur père.

— Est-ce qu'elle va venir nous chercher à la sortie de l'école ? interrogea Élaine pleine d'espoir.

— Non, ce soir ce sera papa aussi.

— Et tu vas nous donner le même goûter qu'hier ? C'était bon.

— Le goûter ? Ah, m…. , le goûter !

— Oh, t'as dit un gros mot papa !

— Oui, bon, finis de t'habiller Elaine et aide ta sœur. Elle a mis ses chaussures l'envers !

— Je veux Mamaaan !

Lily se mit à pleurnicher et Tom la prit dans ses bras.

— Chuu, ma puce, viens-là.

Patiemment Tom tenta de la calmer tout en essayant de rassurer Élaine, contrariée par l'absence de sa mère. *Mais qu'est-ce que je vais leur raconter aux petites ? Julia, tu ne peux pas me faire ça.*

La sonnerie du téléphone retentit.

— Ah, je n'ai pas le temps ! C'est peut-être l'hôpital ! ... Allô ?

Tom reposa précipitamment Lily faisant signe à Élaine d'emmener sa sœur se brosser les dents et attrapa le téléphone du salon, sagement posé sur sa base.

— Monsieur Smith ? demanda une voix féminine.

— Moi-même.

— Je suis Julie Wang, l'infirmière en chef de l'hôpital Sainte-Marie. Il faudrait venir au plus vite.

— Ma femme est décédée ? lâcha Tom dans un souffle, les mains crispées sur le combiné.

— Non, ce n'est pas ça. Le directeur de l'hôpital souhaite vous parler en personne.

— Le directeur ? C'est quoi le problème ?

— Je ne suis pas autorisée à vous en dire plus. On vous attend, lui répondit-elle en raccrochant.

— Elle a raccroché ! Allez, les filles, on y va.

***

Tom déposa ses filles à l'école primaire de leur quartier où les enfants étaient déjà alignés en rang et fila à tombeau ouvert vers l'hôpital. Qu'est-ce qu'on pouvait lui annoncer de si terrible, si ce n'était la mort de sa femme ? Et on venait de lui affirmer qu'il n'en était rien. Ou peut-être voulait-on lui annoncer délicatement que sa femme resterait handicapée le restant de sa vie ? Il y avait des lésions au cerveau lui avait-on dit hier, il allait récupérer un légume, c'était ça ! *Oh, mon Dieu, je ne sais pas si j'arriverai à supporter cette épreuve. Calme-toi, Tom Smith et ralentis, sinon on va avoir deux légumes au lieu d'un.* Il se gara au parking extérieur et se précipita vers l'entrée principale. L'hôpital Sainte-Marie était une jolie bâtisse en brique de style victorien, réputé autant pour ses soins que pour les arbres centenaires qui ombrageaient son parc de plusieurs hectares. Mais Tom ne prêta aucune attention au décor, monta quatre à quatre les escaliers et cavalier, passa devant une vieille dame qui d'un pas tremblant tentait d'atteindre la dernière marche.

C'est avec beaucoup d'appréhension et essoufflé qu'il s'annonçât à la réceptionniste de l'hôpital. On ne le fit pas attendre longtemps. On lui offrit un café qu'il accepta distraitement. Ce genre de sollicitude n'était pas habituel. Ils avaient quelque chose à se faire pardonner, c'était sûr. Le directeur l'accueillit et l'invita dans son bureau dont il referma soigneusement la porte. C'était un homme grand et mince d'une soixantaine d'années au visage avenant. Il le convia à s'asseoir d'un geste prévenant. Il y avait déjà trois autres personnes installées qui lui furent présentées : l'adjoint du directeur, le docteur Burke d'une stature impressionnante et Julie Wang, l'infirmière de garde qui lui avait parlé plus tôt. À leurs visages, il sut que quelque chose n'allait pas. Le directeur s'éclaircit la gorge.

— Nous avons un gros problème, monsieur Smith... Heu, c'est la première fois en quarante ans de carrière que je suis confronté à un tel événement.

— Ne tournez pas autour du pot et dites-moi la vérité de suite.

— Et bien... votre... épouse... a... disparu !

Il y eut un silence qui sembla durer une éternité pour le personnel hospitalier.

— Pardon ?

Le directeur changea de position sur sa chaise, triturant un stylo et toussota, mal à l'aise. Julie Wang regarda ses chaussures, Burke se croisa les bras tandis que l'adjoint regardait son supérieur.

— En fait, ce matin quand l'infirmière de garde est venue faire sa deuxième ronde, votre femme n'était plus dans son lit. Nous avons fouillé tout l'hôpital... y compris heu... la morgue et elle reste introuvable. Et vu son état... je ne sais que dire.

Tom Smith était abasourdi. Ses pensées se brouillèrent et ce n'est que de très loin qu'il entendit que des policiers avaient été dépêchés sur les lieux et enquêtaient actuellement. Julia était mourante, elle n'avait pu sortir de l'hôpital par elle-même. Quelqu'un l'avait enlevé, mais pourquoi ? Pourquoi ? Le téléphone sonna et le directeur prit le combiné. Il y eut un silence.

— Quoi ?... Merci inspecteur. – Il raccrocha. – Une ambulance a également disparu.

L'adjoint lâcha un juron sous le regard désapprobateur de Julie Wang. Tom s'accouda sur ses genoux et enfouit son visage entre ses mains. *C'est un cauchemar !*

— Je suis vraiment désolé, monsieur Smith. Cette situation est hors de notre contrôle, mais nous allons y remédier. Soyez assuré que je vous appellerai personnellement dès que j'ai du nouveau, fit le directeur en se levant. Il raccompagna Tom d'un geste de la main. Seul Burke semblait totalement indifférent, mais Tom assommé par la nouvelle, n'y prêta aucune attention.

*****

Dans une rue perpendiculaire à la rue principale, une jeune mère poussait son landau en direction de la place publique. Au cœur de la place publique se tenait le marché hebdomadaire des maraîchers.

Les étalages regorgeaient de fruits et de légumes frais. Une dizaine de mètres plus loin, jeunes gens et vieux habitués sirotaient leur boisson préférée sur la terrasse du café « Au petit coin ». Attenant au café bondé, un policier attachait son vélo devant le poste de police du quartier. À l'intérieur, le son d'une machine à écrire vétuste égrenait ses notes monotones.

— Bon, récapitulons. Votre épouse a disparu aux environs de 4 h du matin, c'est bien ça ? énuméra Douglas, l'inspecteur en charge de l'enquête. Désolé, l'ordinateur est en panne ce matin, s'excusa-t-il à l'attention de l'homme en face de lui.

— Je vous répète que ma femme n'avait aucun ennemi ! répondit sèchement Tom. La barbe hirsute, le col défait, Tom semblait ne pas avoir dormi de la nuit. Ce qui était presque vrai. Il était exténué.

— Et vous ? Je ne sais pas, vous aviez peut-être des dettes, quelqu'un qui vous en voulait...

— Absolument pas ! Vous pouvez vérifier auprès de mon employeur et de mes voisins. J'ai de très bonnes relations avec tout le monde.

— C'est bon. On va diffuser un portrait-robot dans toute la province et essayer de retrouver cette fichue ambulance. Et évidemment mettre la main sur le chauffard qui est rentré dans la voiture de votre femme. On vous contactera si l'on a de nouvelles informations.

Douglas voulut rajouter un petit mot d'encouragement, mais se ravisa. Tom avait une bonne tête, il l'aurait presque invité à prendre un verre chez lui, mais c'était contre les règles. Et puis, il avait appris avec les années de service, à ne jamais se fier aux apparences. Qui sait, s'il n'était pas l'auteur de la disparition de sa femme ? Il faudrait qu'il fasse vérifier son assurance vie par son adjoint. Douglas prit une note mentale tout en regardant Tom par l'étroite vitre de son bureau exigu, traverser la place publique, les épaules voûtées.

***

Tom Smith était dépassé par les événements. Il fallait qu'il annonce à ses enfants ce qui arrivait, mais comment faire comprendre à deux fillettes de quatre et six ans, l'impensable ? Sans compter qu'il ne devait pas trop bousculer leur quotidien. Il ne remarqua pas le brouhaha joyeux des maraîchers qui interpellaient leurs clients, encore moins leurs légumes appétissants. Il ne pensa pas non plus à en acheter. Ces tâches-là incombaient généralement à Julia. Heureusement, madame Baker, leur voisine, avait généreusement proposé son aide. Certes, Tom avait déjà remarqué les affiches d'enfants disparus collées dans les endroits publics, mais jamais il n'aurait pensé un jour faire partie de ces familles victimes. Ça n'arrivait qu'aux autres ces histoires ! Tout à ses pensées moroses, il ne remarqua pas deux yeux vifs qui l'espionnaient alors qu'il s'apprêtait à ramasser ses filles à l'école. Madame Turner était toujours la première à répandre les nouvelles, sans s'assurer d'ailleurs de leur véracité. Elle avait été à l'origine de nombre de légendes urbaines. Il croisa sans le voir Maurizio Vapenna, venu chercher sa nombreuse marmaille. L'italien détourna le regard mal à l'aise pour tomber sur celui de madame Turner qui traversait la rue dans sa direction. Quatre enfants de différents âges se chamaillaient entre eux derrière lui.

— Ah bonjour, madame Turner, fit-il en s'efforçant de rester jovial malgré sa conscience qui le rongeait.

— Bonjour, monsieur Vapenna. C'est terrible ce qui est arrivé à monsieur Smith.

— Heu... oui, j'ai su.

— Le chauffard ne s'est même pas arrêté. On ne sait pas qui a appelé l'ambulance ! Ils recherchent le témoin de la scène. Blessée à mort et kidnappée, vous vous rendez compte ?

— Y a... y a… avait un témoin ? bredouilla Maurizio Vapenna, livide.

— Oui, il paraît. Mais il l'emportera pas au paradis l'assassin ! Vous allez bien, monsieur Vapenna ? Vous êtes blanc comme un linge.

— Heu, oui ça va, il faut que j'y aille. Dites au revoir, les enfants.

— Au revoir, je vous tiens au courant.

Madame Turner lui fit un petit signe de la tête, ignorant royalement ses enfants qu'elle trouvait tout simplement insupportables. *Il a l'air de cacher quelque chose, celui-là !*

Elle le regarda d'un air dubitatif s'éloigner. Le soleil de fin de journée dansait sur le pavé de la rue faisant des ombres orangées. Quelques nuages cotonneux se courtisaient dans le ciel tandis que sur les arbres bordant la chaussée, des mésanges lançaient leur chant mélodieux. Le printemps s'annonçait, indifférent aux souffrances des hommes.

***

Le docteur Burke était chez lui et se servait un bon whisky. Il rajouta quelques glaçons et satisfait, alla s'installer confortablement dans un gros fauteuil en cuir, étendit ses jambes et s'alluma une cigarette. Personne ne l'attendait, il était divorcé depuis cinq ans et sans enfant. Il ferma les yeux savourant la quiétude des lieux. Le salon du médecin révélait un goût fin pour la décoration et les meubles antiques. Les meubles en bois de rose avaient été importés directement d'Italie ainsi que le canapé d'un brun caramel qui s'assortissait à l'imposant fauteuil sur lequel il se prélassait. Sur les murs, des peintures italiennes dont une réplique de *La création d'Adam* de Michel-Ange. Peut-être, après que tout soit fini, pourrait-il s'offrir l'original dont il rêvait depuis des années.

Burke se remémora les événements de la matinée. Il avait eu chaud quand il avait croisé le regard de Smith. Il n'avait pu s'empêcher de détourner les yeux. Est-ce que Smith avait décelé quelque chose ? *Ne t'en fais pas, va, il aura probablement mis ça sur le compte de la gêne !* Mais il avait peur maintenant. Et si ça ne marchait pas ? Il avait pris beaucoup de risques quand même. Maintenant, c'était trop tard pour revenir en arrière. Il fallait aller jusqu'au bout ! Il but une gorgée de son alcool favori et le feu qu'il sentit dans sa gorge lui fit du bien. Il s'étonna que son verre fût déjà fini et se resservit une rasade de whisky. *Burke, qu'est-ce que tu fais ? Il est 11 h du matin et tu en es à ton deuxième verre et pas des petits.* Mais le brillant chirurgien ignora sa conscience qui l'avertissait depuis quelque temps déjà.

***

Il était à peine dix-sept heures quand Maurizio Vapenna baissa le store de sa boutique. Les clients étaient rares, car la pluie faisait rage ce soir-là. Il allait devoir prendre le bus maintenant qu'il avait caché sa voiture chez Angélo, son cousin. Angélo avait de bonnes connaissances en mécanique et lui avait promis de lui réparer son véhicule avant la fin de la semaine. Mais comment allait-il pouvoir remplacer toute la tôle froissée sans que cela ne paraisse ? Mais Angélo avait toujours des solutions et il savait que la loi du silence régnerait pour protéger la réputation de la famille. Il se regarda dans la glace et son reflet lui déplut. Il avait pris dix ans. Il ne fallait pas qu'il se trahisse et surtout pas devant Nina, sa femme. Elle était maligne et ne marcherait certainement pas dans ses combines. *Surtout ne pas perdre la face !* Une goutte de sueur perla sur son front qu'il essuya machinalement du revers de sa manche. Pourtant, il faisait glacial dans la petite boucherie familiale. Vapenna rangea rapidement ses étals de viande, retira son tablier souillé et tandis qu'il se lavait soigneusement les mains dans l'évier de la cuisinette attenante à son commerce, répétait mentalement ce qu'il allait raconter à son épouse. Tout en espérant que ses mensonges tiendraient devant celle qui le connaissait depuis plus de trente ans. *Sainte-Marie, aide-moi s'il-te plaît,* implora-t-il en se signant, sachant en son for intérieur que toute sainte qu'elle fut, la mère de Jésus ne l'aiderait pas dans son péché.

***

Madame Turner tira les rideaux de son salon, puis s'assit en face du téléviseur tout en rapprochant le plateau qu'elle s'était concocté : assiette de fromages et de charcuterie. Elle prit sa télécommande et choisit un film romantique des années quarante,

Casablanca. Bien qu'ayant vu ce film plus d'une dizaine de fois, elle aimait se replonger dans cette atmosphère qu'elle avait connue jeune. Même si cela avait été une période de rationnement et de guerre, elle y avait été heureuse, intensément vivante. Le contraire d'aujourd'hui, où, bien qu'elle eut une pension confortable, les jours se ressemblaient, terriblement insipides. N'ayant aucune famille et ne s'étant fait aucun ami dans le voisinage malgré ses quarante années dans le même appartement, madame Turner était condamnée à regarder à vivre les autres. Ah, si elle avait eu quarante ans de moins ! Elle avait une vie alors...

Trois rues plus loin dans la cave de l'immeuble de la rue des Roses, Robbie Baker changeait la litière de la petite chatte rousse qui, allongée dans une boîte en carton, les yeux verts mi-clos, l'observait nonchalamment tandis que cinq chatons aveugles, tétaient avidement leur mère. Robbie Baker s'assura que tout était en ordre et repartit lentement vers les étages supérieurs, son sac de croquettes sous le bras. Elle se faisait vieille et allait devoir penser à bientôt déménager. *Mais pas maintenant Seigneur, tu vois que Tom a besoin de moi. Donne-moi la force dont j'ai besoin pour prendre soin de lui et de ses fillettes.*

S'agrippant à la rambarde du vieil escalier, la vieille dame se hissa lentement jusqu'au deuxième étage. Sur le palier commun, elle entendit son voisin Tom Smith qui tentait tant bien que mal de coucher ses filles. Elle s'était entendue avec lui pour épousseter son appartement, faire quelques lessives et surtout leur mitonner des petits plats. Tom avait tant insisté pour la payer que Robbie avait fini par accepter. *Merci de m'avoir ouvert une porte pour rentrer dans sa vie,* murmura-t-elle en entrant chez elle. Voilà plus de trois ans qu'elle priait intensément pour ses voisins. Cela faisait si longtemps qu'elle espérait être utile à quelqu'un, pas seulement d'un point de vue matériel, mais aussi d'une façon plus spirituelle... Tout comme elle avait eu quelqu'un un jour sur son chemin, alors qu'elle était au bord du gouffre.

Chapitre 3

L'inspecteur Douglas qui était en charge de l'enquête, gara son véhicule sur le parking de l'hôpital Sainte-Marie puis pénétra dans le hall des urgences. Il retira son cure-dent de la bouche, une manie qu'il avait prise depuis qu'il avait arrêté de fumer. Il savait que cela ne faisait pas très professionnel, mais c'était ça ou rechuter. Et vu qu'il était en rémission depuis deux ans, il n'en était pas question. Et bien qu'il lui manquait un petit bout de poumon, il se sentait plutôt en forme.

— Bonsoir madame, lança-t-il d'un ton courtois, essayant d'attirer l'attention de la réceptionniste, visiblement de mauvaise humeur. Elle le toisa de haut en bas d'un air hautain.

— Bonsoir. Que puis-je pour vous ?

Douglas ne se laissa pas décontenancer par sa mine renfrognée. Il savait que sa façon de s'habiller était démodée avec son tweed marron et son pantalon en velours gris, mais il s'en fichait. Cela lui permettait même de passer plutôt inaperçu.

— Inspecteur Douglas de la brigade criminelle. C'est à propos d'une de vos patientes qui a disparu hier.

— Quel est le nom de la personne que vous voulez voir ?

— Je n'ai pas de nom, mais je souhaiterais parler à l'infirmière de garde ainsi qu'aux chirurgiens qui l'ont opérée.

— Bloc C-2, deuxième étage, répondit-elle d'un air maussade. Elle détestait visiblement son travail. Mais Douglas, bien que très sensible, était imperméable aux humeurs des autres, ce qui faisait de lui l'un des meilleurs enquêteurs de la ville. Il la remercia, remit son cure-dent dans la bouche et monta tranquillement les escaliers menant aux étages évitant volontairement les ascenseurs. Son médecin de famille le lui avait conseillé pour sa santé et c'est le souffle court qu'il arriva devant le comptoir vitré des infirmières. Il attendit patiemment que l'infirmière de garde veuille bien lever les yeux de ses dossiers. Enfin, elle lui adressa la parole.

— Oui ?

— Bonsoir madame Suzy Blunt, fit-il en lisant son nom sur sa blouse. Inspecteur Douglas de la brigade criminelle en collant son insigne contre la vitre afin qu'elle pût distinguer son nom. C'est au sujet de votre patiente disparue, Julia Smith...

— Julia Smith. Oui, tout le service en parle ! soupira la jeune femme.

— Qui était de garde la nuit du douze mars ?

— C'était moi. Je me rappelle très bien d'elle d'ailleurs. Elle était tellement amochée !

Douglas griffonna son nom sur le petit calepin qu'il avait entre les mains. Suzy lui jeta un coup d'œil inquiet. Était-ce un interrogatoire ?

— Dites-moi, à votre avis, combien de personnes étaient au courant de son admission aux urgences ?

— C'est assez facile, nous sommes très peu la nuit. Il y avait l'infirmière en chef, Julie Wang, les cinq infirmières du bloc C-2 dont j'ai la liste ici, les médecins Curry et Parks et un interne dont j'ai oublié le nom.

— C'est tout ?

— Oui, lui assura l'infirmière rassurée. Si vous voulez parler aux docteurs Curry et Parks, vous n'avez qu'à monter les escaliers à droite. Deuxième porte.

— Je vous remercie.

L'inspecteur la salua poliment et se dirigea vers les escaliers du bloc opératoire.

— De rien... Ah, j'y pense tout à coup ! Le docteur Burke est également passé ce soir-là.

Douglas se retourna.

— Est-ce qu'il travaille aussi ce soir ?

— Non, le docteur Burke est parti en congé sabbatique pour un an.

— Donnez-moi un numéro où le joindre au cas où…

— Je suis désolée, mais ces numéros sont confidentiels. Je dois demander une autorisation à la direction au préalable et cela n'ira pas avant demain.

— Écoutez, c'est juste un numéro de téléphone, cela me ferait gagner beaucoup de temps.

— Je ne suis pas habilitée, Inspecteur. Je suis désolée.

— Alors, demandez une autorisation officielle s'il vous plaît. Voici ma carte. Appelez demain mon bureau avec le numéro du docteur Burke. *Fichue administration !*

— Je n'y manquerai pas, Inspecteur.

— Puis-je avoir la liste du personnel présent le douze mars ?

— Certainement.

Les remerciements de Douglas furent couverts par le haut-parleur central. « Attention, attention, code bleu dans le Bloc B-2. Je répète code bleu dans le Bloc B-2 ». Douglas monta à l'étage supérieur pour rencontrer les deux chirurgiens qui avaient opéré Julia Smith. Il eut de la chance, car Parks et Curry étaient sur leur pause, à discuter entre eux du match de Hockey perdu la veille par les Canadiens. Douglas trouvait ce genre de discussion puérile, mais il fit un petit commentaire dans leur sens avant d'engager la conversation vers un sujet plus important : celui de son enquête. Il n'apprit pas grand-chose qu'il ne savait déjà, mais comme tout bon enquêteur, il prit des notes sachant qu'il ne fallait négliger aucune piste et que les plus anodines menaient parfois à la vérité.

***

Dans l'immeuble de la rue des Roses, Robbie Baker était en train de sortir un gâteau de son four tout en louant Dieu pour toutes ses bontés. Pendant ce temps, sur le même étage, Tom Smith couchait ses filles. Elles partageaient la même chambre au grand désespoir d'Elaine, la plus grande qui trouvait que les dessins de sa sœur cadette défiguraient les murs. C'était une occasion régulière de chamaillerie. Mais les événements des derniers jours avaient rapproché les deux sœurs et réveillé l'instinct protecteur de l'aînée. Ce soir-là, papa avait accepté qu'elles dorment ensemble, permission rarement accordée. Il avait promis de raconter ce qui était arrivé à maman. Mon Dieu, ce devait être important pour que papa ait un air si grave. Lily était déjà dans son lit et Élaine s'était pelotonnée contre sa sœur tandis que leur père s'était assis sur une chaise d'enfant en plastique rose, sur laquelle il était particulièrement inconfortable.

— Mes chéries, il va falloir que vous écoutiez de toutes vos oreilles parce que ce n'est pas facile ce que j'ai à vous dire.

— Elle est où maman ? demanda Lily, sa cadette, prête à fondre en larmes.

— Vous allez devoir être très courageuses, répondit Tom en leur prenant chacune une main.

L'anxiété de ses filles était palpable. Tom déglutit péniblement avant de poursuivre : Maman a eu un très grave accident de voiture et a dû partir à l'hôpital.

— Elle est malade ? demanda Lily naïvement.

— Oui, elle est très malade ma puce. Tom jeta un coup d'œil à sa fille de six ans qui le visage fermé, n'avait pas encore dit un mot. Est-ce que vous comprenez ?

La fillette de quatre ans fit un signe d'assentiment. Tom aurait voulu rentrer sous terre. Il ne savait comment adoucir la terrible nouvelle.

— Est-ce qu'on va pouvoir aller la voir à l'hôpital ? finit par demander Élaine d'une petite voix.

— Heu... pas pour l'instant ma chérie, elle est trop malade, mentit Tom.

— Ah, bon, mais quand ?

— Quand le docteur sera d'accord Élaine.

— Est-ce qu'elle va mourir ? demanda Élaine alarmée.

— Non, bien sûr que non ! mentit Tom. En attendant, il va falloir être gentil avec papa parce que c'est difficile pour lui aussi.

— Oui, Papa.

Sa fille aînée ne put s'empêcher de fondre en larmes. Son père l'attira contre elle.

— Je veux maman ! s'écria Lily, fondant en larmes à son tour.

— Qu'est-ce que j'ai dit ma chouette ? Tom prit son autre fille dans ses bras. Chuu, tout va bien. Papa est là.

Lily se calma et Élaine se moucha avec le mouchoir que lui tendait son père. Puis elle grimpa prestement par l'échelle en bois sur son lit. Tom prit le temps de leur lire une histoire, *Dora chez les Pirates,* les embrassa et mit la veilleuse.

— Allez, maintenant dodo, les filles. Je vous aime, murmura Tom en serrant chacune de ses filles fort dans ses bras avant d'éteindre la lumière de leur chambre.

— Nous aussi on t'aime fort, Papa.

Tom ferma doucement la porte, soupira et se dirigea vers la cuisine en désordre. *Ne pas craquer surtout !* Il fit la vaisselle, mit les restants dans deux contenants en plastique et ajouta jus de tomate et yaourts qu'il plaça soigneusement dans des sacs à lunch aux couleurs vives. Quand tout fut en ordre, il jeta un coup d'œil à l'horloge qui égrenait inlassablement ses notes monotones. Il n'était que 20 h 30. Il sentit une boule remonter dans sa gorge. *Trouve quelque chose à faire. L'idée c'est de s'occuper !* Il était indécis sur ce qu'il voulait faire de sa soirée. Il y avait bien tous ces messages sur son répondeur qu'il faudrait retourner, mais il n'avait envie de parler à personne. Pourtant, dans le silence du salon, il sentit tout le poids de sa solitude. Ne pas rester seul. Peut-être pourrait-il appeler Megan après tout ? Elle saurait le réconforter, lui dire les mots qui apaisent. Il composa le numéro et sentit un regain d'énergie quand il entendit sa voix. Oui, elle était libre, elle serait là dans une demi-heure. Tom en profita pour mettre un peu d'ordre dans le salon. Il choisit un CD parmi la pile et bientôt s'éleva dans la pièce la voix sensuelle d'Etta James chantant *At Last*. Quand Megan arriva, trempée jusqu'aux os, mais souriante, il la trouva plus ravissante que jamais et le lui dit. Megan était sa grande amie depuis toujours et était devenue par la suite l'amie du couple. Il avait été heureux que Julia l'ait adoptée si vite. Tom retira galamment le manteau de son amie. Ils se serrèrent dans les bras. Tom sentit la chaleur de son corps féminin et les larmes lui montèrent soudainement aux yeux. Ils restèrent ainsi longtemps. Megan ne fit aucun geste pour se dégager. Elle avait la tête nichée au creux de son épaule, respirant l'odeur masculine de sa peau. Elle aurait voulu que cet instant ne finisse jamais, elle le sentait tellement vulnérable et ne le désirait que plus. Car Megan était secrètement amoureuse de Tom depuis des années.

Lui n'avait jamais semblé la voir comme femme. Elle avait eu le cœur brisé quand il lui avait annoncé son mariage avec Julia. Mais elle avait préféré rester son amie plutôt que lui avouer son amour et risquer de le perdre. Et maintenant, il était libre, certes en plein chagrin d'amour, mais libre. Elle lui ferait oublier l'autre, elle gagnerait son cœur. *Oh, mon Dieu, comment peux-tu penser une chose pareille, elle a disparu depuis moins de quarante-huit heures !* Elle eut honte tout à coup et se dégagea de son étreinte.

Il toussota afin de masquer sa gêne, conscient d'être resté trop longtemps dans ses bras.

— Apéro ?

— Oui, qu'est-ce que tu proposes ?

— Camparini, Whisky, Amaretto, Bayleys...

— Un Bayleys, ce sera parfait merci !

Il la rejoignit sur le canapé, trinqua et lui dit dans un souffle qu'il n'avait rien de neuf qu'elle ne savait déjà au sujet de Julia et qu'il souhaitait donc parler d'autre chose. La conversation fut axée sur Megan, son travail d'éducatrice, son célibat qui s'éternisait...

— Je suis heureux que tu sois là Megan. Tu me fais beaucoup de bien.

— Tant mieux si j'arrive à te changer les idées un peu, lui répondit-elle avec un sourire un peu triste.

— Viens-là !

Et joignant le geste à la parole, Tom l'attira contre lui. Megan se lova dans ses bras et on entendit plus que leurs respirations régulières. Etta James s'était tue. Tom relaxait, tout en caressant doucement les cheveux de sa compagne. Comme il était attaché à cette femme. Elle avait toujours été là pour lui. *Mais qu'est-ce que tu fabriques, Tom ? Tu joues avec le feu. Retire-toi de cette situation pendant qu'il en est encore temps.* Il bougea et Megan releva lentement la tête. Leurs regards se croisèrent un instant puis il détourna les yeux, mal à l'aise. Megan le perçut.

— Je... je vais rentrer Tom.

— Tu peux rester dormir ici si tu veux. *Mais pourquoi j'ai dit ça ? N'importe quoi !*

— Non, merci... c'est gentil. Embrasse les filles pour moi, fit-elle en se levant.

Tom se leva pour la raccompagner, mais cette fois-ci il se garda bien de la serrer contre lui. Elle ne fit aucun commentaire, lui colla une bise sur la joue et partit. Il fallut le temps d'une vaisselle et un sentiment de culpabilité grandissant pour que le tumulte intérieur s'apaise. *Pardon, Julia.*

Chapitre 4

La maisonnée dormait quand une sonnerie de téléphone déchira le silence. Tom émergea hors du lit, tout ensommeillé et rejoignit péniblement le salon. À la quatrième sonnerie, il décrocha enfin, manquant de s'affaler de tout son long. Il était à peine 8 h et aucune des fillettes ne s'était réveillée malgré le vacarme.

— Allô ? Monsieur Smith ? demanda une voix masculine qu'il ne reconnut pas.

— Moi-même.

— Inspecteur Douglas à l'appareil. Désolé de vous réveiller un samedi matin...

— Ah, vous avez des nouvelles ? demanda Tom d'une voix plein d'espoir.

— Pas de votre femme, malheureusement, mais l'enquête avance. On a retrouvé l'ambulance disparue, à l'orée de la ville. Évidemment, le conducteur avait des gants, mais nous sommes sûrs maintenant que c'est un enlèvement et on devrait être en mesure d'identifier le chauffard assez facilement avec toutes les traces de pneus et de tôle qu'il a laissées. On attend les analyses du labo d'ici lundi. Je vous rappelle dès qu'il y a du nouveau.

— Très bien.

— Heu, monsieur Smith ?

— Mmm ?

— Nous avons mis nos meilleurs éléments sur l'enquête.

— J'apprécie... inspecteur ?

— Douglas. Je vous en prie, monsieur Smith.

L'inspecteur Douglas raccrocha soucieux. C'était un homme trapu dans la quarantaine, qui ne se laissait pas démonter facilement. Il avait voulu rassurer le mari de la disparue, car il savait que ce genre d'enquête était long et n'aboutissait généralement pas. Et quand elles réussissaient, c'était la plupart du temps parce que l'on avait retrouvé le cadavre. Il se demandait si le type à l'origine de l'accident avait un lien avec l'enlèvement, si ce pouvait être un accident prémédité. Mais pourquoi ? La plupart des femmes enlevées l'étaient pour subir des sévices sexuels et se faire charcuter. Quel malade voudrait s'assouvir sur une femme dans le coma, fracturée avec des plaies sur le corps qui plus est ? Il y avait là un mystère qui allait au-delà de son entendement.

— Papa, papa regarde dans la vitrine ! On dirait maman sur la photo.

— Viens Elaine, elle ressemble à maman, mais ce n'est pas elle !

— Mais si, j'te dis !

Tom soupira. Depuis deux semaines, il avait passé tout son temps libre à sillonner la ville pour coller le portrait de Julia sur chaque mur ou vitrine disponible. Il se demandait comment ses filles ne l'avaient pas vu plus tôt. Il allait falloir leur annoncer la vérité et cette simple pensée le faisait défaillir.

— Bonjour, monsieur Smith, comment allez-vous ?

— Ah, madame Turner, bonjour... bien, bien. Et vous ?

— Vous n'avez toujours pas de nouvelles de votre épouse ? répliqua la vieille dame ignorant sa question.

— Heu... non.

— La police recherche une Toyota rouge.

— On y va, papa ? *Elle ressemble à une vieille chouette avec ses lunettes épaisses.*

— Oui, je suis au courant... Elaine, arrête s'il te plaît.

— C'est drôle parce que monsieur Vapenna avait une Toyota rouge, mais depuis l'accident il n'en a plus.

— Ah, bon ? demanda machinalement Tom en prenant Élaine par le bras.

— Lâche-moi papa, tu me fais mal !

— Un instant Elaine ! répliqua son père en fronçant les sourcils.

Élaine se croisa les bras en boudant pendant que sa sœur s'amusait tranquillement avec de petits cailloux.

— Quand je lui ai demandé ce qu'il en avait fait, il m'a répondu qu'il l'avait vendue. Vous ne trouvez pas la coïncidence bizarre ? questionna madame Turner avec un regard soupçonneux.

— Moui... peut-être, lui répondit Tom peu convaincu. Si vous estimez que c'est un renseignement pertinent pour la police...

— Oh, oui, surtout qu'il a une drôle de tête depuis l'accident je trouve ! insista la vieille dame en agitant sa canne.

— Papaaa... fit Élaine d'une voix plaintive en tirant son père par la manche.

— Écoutez, je dois y aller. Ma fille s'impatiente comme vous pouvez le voir.

— Au revoir monsieur Smith.

— Au revoir madame Turner ! répondit Tom poliment puis il se tourna vers sa fille. Elaine tu es impossible !

— T'es un menteur Papa, maman elle est pas à l'hôpital comme t'as dit.

— Tu changes de ton tout de suite Elaine ! On ne parle pas ainsi à son père ! Maman était à l'hôpital, mais elle n'y est plus. Et personne ne sait où elle est. Lily, viens ici et lâche ces cailloux !

Docilement, la fillette de quatre ans emboîta le pas de son père et vint enfouir sa petite main dans la sienne. Élaine, boudeuse, refusa de prendre l'autre et continua sur le même ton.

— Elle s'est enfuie de l'hôpital. C'est à cause des docteurs, et des murs tout blancs ?

— Non, ma chérie... je... Il y a peut-être quelqu'un qui nous voulait du mal !

— Mais on n'a rien fait !

— Oui... je sais... On va la retrouver ma puce, ne t'inquiète pas.

— Elle me manque beaucoup, répondit Élaine en fondant soudainement en larmes.

— Je sais chérie. Chuu, pleure pas. Allez viens, rentrons à la maison. Je vais commander une pizza.

Lily poussa un cri d'enthousiasme, mais Élaine ne se dérida pas. Pourtant elle adorait la pizza.

***

Le docteur Burke prit le petit sentier familier en humant l'air frais du matin. Même s'il n'avait aucun voisin à moins d'un mile, il prenait toujours grand soin à ce que personne ne le vit. Un grand jour l'attendait aujourd'hui, car c'était dans la troisième semaine qu'il pourrait réellement juger du succès du projet. Il démarra son 4x4 et conduisit lentement pour éviter les cahots de la route. C'était une bonne idée d'avoir loué ce type de véhicule. Il avait donné évidemment un faux nom à l'agence afin de brouiller les pistes. Sa propre voiture trônait dans le garage attenant à la maison. Il avait quitté l'hôpital le lendemain de l'admission de Julia Smith. La négociation d'un congé d'un an n'avait pas été facile, mais lorsqu'il avait menacé de démissionner, le directeur avait fini par céder à contrecœur. C'était un congé sans solde, mais avec ce qu'il allait toucher, il n'aurait plus de soucis jusqu'à la fin de ses jours. Il avait d'ailleurs déjà reçu une avance. Pour ça, ils étaient réglos ! Mais ce qui l'excitait le plus, c'était de savoir que cette période allait changer sa destinée et que son nom passerait à la postérité. On l'avait choisi parce qu'il était l'un des plus brillants chirurgiens de sa génération et en raison de ses affiliations bien sûr. Pourvu qu'il réussisse cette fois !

***

Maurizio Vapenna était en train de découper une énorme entrecôte dans sa boutique quand il se coupa le doigt.

— Ah bon sang ! Mais quel idiot !

Il suça le sang qui coulait de son doigt. La coupure était superficielle. Décidément, rien n'allait dans sa vie. Il avait dû faire une croix définitive sur sa voiture. Son cousin l'avait racheté pour une bouchée de pain. Il n'avait pas prévu qu'une enquête si importante allait s'ouvrir sur cette bonne femme. Et le patron de la « Taverne », Etienne Tremblay ne se gênerait pas pour raconter qu'il s'était pris une cuite ce soir-là ! La clochette de l'entrée de sa boucherie retentit. Il leva la tête et aperçut deux hommes en civil. Le plus vieux prit la parole tout en brandissant son insigne.

— Monsieur Vapenna ?

— C'est moi, répondit l'italien d'une voix alarmé. *Du calme Maurizio ! Reste cool !*

— Je suis l'inspecteur Douglas et nous aurions quelques questions à vous poser sur votre soirée du douze mars dernier. Si vous voulez nous suivre s'il vous plaît, indiqua le policier d'un geste vers la sortie.

La peur donna soudain au boucher l'envie d'uriner. *Pas de panique, ils ne savent rien sinon ils t'auraient déjà arrêté.*

— Maintenant ?... Heu, très bien, je prends mon manteau, répondit Vapenna d'un air qu'il espérait détaché. Il se dirigea à l'arrière de sa boutique tandis que les policiers observaient attentivement les lieux.

Jean, le plus jeune des deux, chuchota à l'oreille de Douglas,

— On le tient, inspecteur.

— Oui, mais il nous manque ses aveux. Il faut savoir ce qu'il a fait de sa voiture... Chuu, le voilà.

Vapenna revint, le visage blême. Il essayait tant bien que mal de cacher son agitation.

— Est-ce qu'il va y en avoir pour longtemps parce que ma femme m'attend pour souper ?

— Ça dépend de vous monsieur Vapenna, rétorqua Douglas calmement, un sourire poli, mais froid accroché aux lèvres. Douglas savait se faire très intimidant si nécessaire.

— Ah... bredouilla Vapenna.

Vapenna se mit à suer à grosses gouttes. Comment allait-il s'en sortir ?

***

Tom avait décidé d'écouter le conseil de madame Baker et de rester socialement actif. "Il n'est pas bon à l'Homme de rester seul.» Elle avait raison. *Pas question de m'enfoncer dans la déprime ! Mes filles ont besoin de moi. Alors, pour toi, Julia et pour Lily et Élaine, je vais me battre !* Ignorant qu'au même moment, le boucher de Brownsville se faisait conduire au poste de police, il avait composé le numéro de Megan et après quelques échanges de banalités, s'était enfin lancé.

— C'est moi qui t'invite, tu tu tut, je ne veux rien entendre. J'ai hâte de te voir.

— Moi aussi, Tom.

Il raccrocha et se retourna vers Robbie Baker avec un petit sourire complice.

— Merci encore, madame Baker d'avoir accepté de garder mes filles et merci pour le pâté chinois. Mes filles adorent ça ! Il prit son veston et alla embrasser ses filles. L'instant d'après, Tom était déjà parti, laissant Robbie Baker perplexe et contrariée. Elle n'avait pas prévu que Tom sorte avec cette Megan, même si c'était sa meilleure amie ! *Et d'ailleurs comment pouvait-on avoir une meilleure amie en étant marié ? C'était avec son épouse qu'il devait tout partager non avec une étrangère !* Tom avait pris son mot d'encouragement comme une invitation à la courtiser. Car il la courtisait, Robbie en était sûre. La vieille dame avait assez d'expérience de vie pour savoir que c'était la façon de certains hommes de gérer leur désarroi. Oublier dans les bras d'une autre plutôt que de tomber dans un gouffre d'angoisse.

Alors Robbie fit la seule chose qui pouvait à son sens, changer le cours des choses. Elle s'agenouilla péniblement dans le salon, joignit les mains, ferma les yeux et adressa une prière de supplication à Dieu. Sans s'apercevoir, que du couloir, Elaine l'observait.

***

Au poste de police, l'interrogatoire était bien entamé. Jean était assis au bureau voisin de celui de Douglas et prenait des notes sur son ordinateur. Douglas quant à lui, marchait en parlant tout en faisant des pauses régulièrement. D'un regard appuyé, il fixait Vapenna attendant sa réponse.

— Donc, récapitulons. Vous avez revendu votre voiture il y a trois semaines à votre cousin parce que vous vouliez vous en racheter une autre, c'est ça ?

— C'est ça !

— Pourquoi n'en avez-vous pas racheté une depuis monsieur Vapenna ?

— Parce que je n'en ai pas trouvé une qui me plaisait, répondit le suspect du tac au tac.

— Quelle sorte de voiture cherchez-vous ?

— Une Toyota d'occasion. Elles vieillissent bien.

— Ah... pourtant, si nous regardons les annonces de la Presse, Jean le journal s'il te plaît... merci, je suis sûr que nous pouvons trouver des Toyota d'occasion. C'est une voiture plutôt courante.

— Heuu...

Tout en parlant, l'inspecteur Douglas épiait le visage de son interlocuteur, qui se sentait de plus en plus mal à l'aise. Douglas était passé maître dans l'art de piéger ses proies et il savait d'expérience que Vapenna allait bientôt craquer et déballer son sac.

— Ah bien, vous voyez, j'en vois déjà trois là, indiqua-t-il en lui mettant le *Journal de Montréal* sous le nez. Je crois que vous n'avez jamais eu l'intention de vous acheter une nouvelle voiture parce que vous n'en avez tout simplement pas les moyens. Votre boucherie ne marche pas si bien que ça, n'est-ce pas ?

— En ce moment, c'est un peu plus dur, oui.

Douglas marqua un temps tandis que son adjoint l'observait, impressionné par son savoir-faire.

— Je pense, monsieur Vapenna que vous devriez prévenir votre femme qu'elle ne vous attende pas pour souper.

Maurizio Vapenna livide prit le téléphone portable qu'on lui tendait. Il savait qu'il était pris au piège.

***

Pendant ce temps, Megan et Tom étaient attablés l'un en face de l'autre, dans un chic bar à sushi, assis sur de moelleux coussins rouges et or. Une alcôve les abritait de tout regard indiscret. Une douce musique asiatique s'élevait des haut-parleurs invitant au farniente. Megan avait mis une robe pêche en mousseline qui seyait à ses formes généreuses. Tom n'avait pas manqué de le remarquer. Megan était vraiment une jolie femme et il ne comprenait pas qu'elle n'eut encore trouvé personne. S'il savait... Mais le saké allait délier les langues ce soir-là.

***

Au commissariat de Police, l'interrogatoire allait bon train. Jean continuait sans répit à recopier fidèlement le dialogue entre Douglas et Vapenna. Des cafés vides trônaient sur les bureaux des deux policiers qui patiemment attendaient la déposition de leur suspect.

— Continuez, monsieur Vapenna.

— Je... J'aurais besoin d'un verre d'eau.

— J'y vais, chef.

Le son électrique du néon se fit entendre alors que Douglas et Vapenna attendaient silencieusement. L'italien avait les épaules voûtées, le regard à terre et une tache sombre à son entrejambe indiquait que la peur avait pris le dessus. Il entendit derrière lui la porte s'ouvrir puis le jeune policier lui tendit un verre d'eau ainsi qu'un café fumant.

— Tenez votre verre d'eau. Je vous ai également pris un café, vous allez en avoir besoin, l'informa Jean.

— Merci... murmura Vapenna. Il but d'un trait son verre d'eau, puis prit une gorgée du liquide fumant tandis que les policiers attendaient la suite... Et puis... je suis arrivé au carrefour. Je n'ai pas vu le feu rouge... vous connaissez la suite.

— Vous aviez bu, n'est-ce pas monsieur Vapenna ?

—... Non, j'étais dans la lune.

— Pourtant monsieur Tremblay a confirmé vous avoir jeté de son bar complètement saoul aux environs de minuit. Et malgré votre état, vous avez décidé de conduire !

— Oui... je suis désolé... je... je regrette pour la dame, avoua Vapenna d'une voix à peine audible, les yeux pleins d'eau. Il était visiblement sincère.

— Maurizio Vapenna, vous êtes en état d'arrestation pour conduite en état d'ébriété, non-assistance à personne en danger et délit de fuite. Tout ce que vous direz à compter de maintenant pourra être retenu contre vous. Nous allons vous fournir un avocat.

— Mais qu'est-ce que je vais devenir ? implora l'italien.

— Je suis désolé, monsieur Vapenna. Je vous laisse prévenir votre femme.

Maurizio Vapenna s'effondra en pleurs sous le coup de la nouvelle. Douglas lui tapota l'épaule et sortit de la pièce avec Jean quelques minutes. L'italien allait devoir annoncer à sa femme que leur vie était détruite.

***

Au restaurant japonais, Megan et Tom riaient de bon cœur quand une serveuse asiatique avec un fort accent les interrompit.

— Je peux vous débarrasser ?

— Oui, merci, acquiesça Tom confortablement calé sur les coussins. La jeune serveuse se faisant le plus discrète possible, s'empressa de vider les restes du repas sur la table.

Megan et Tom ne dirent rien pendant ce temps savourant cet instant de complicité.

— Tu as le don de me faire oublier mes malheurs Megan !

— C'est à ça que servent les amis, non ? dit-elle gaiement.

Le regard de la jeune femme se perdit dans le vague.

— Qu'est-ce qu'il y a Megan ?

— Ce n'est rien.

— Mais si, dis-moi, voyons ! insista Tom.

— C'est l'alcool qui me rend un peu mélancolique, c'est tout.

— Écoute, je suis ton meilleur ami, on se connaît depuis des années. Allez dis-moi !

— Oui, mais il y a des choses qui ne sont pas avouables.

Tom y réfléchit un temps et se souvint de l'image de sa dernière soirée et du tumulte des émotions qu'elle avait créée en lui.

— Oui, c'est vrai.

— Bon, tu vois, toi aussi tu me caches des choses

Tom !

— C'est sans importance me concernant, mais toi, je sais que tu as un gros secret.

Il lui prit la main qu'elle retira aussitôt. Leurs regards se croisèrent. Tom fut troublé par celui de Megan, intense. Elle hésita quelques instants sachant qu'elle prenait le gros risque de briser leur amitié en mettant cartes sur table.

— Je... je suis amoureuse de toi depuis des années, Tom.

Tom se figea. Bien qu'il ait flirté dernièrement avec Megan, il ne s'attendait pas à ce qu'elle prenne au sérieux ce qui pour lui n'était finalement qu'un jeu.

— Ça fait des années que je joue la carte de l'amitié, mais je me sens de plus en plus fausse dans ce jeu-là... poursuivit-elle. Tu ne dis rien ?

— Je ne m'y attendais pas, c'est tout. Megan, je ne sais pas comment te dire ça, tu es belle, je t'adore, mais j'aime Julia et j'ai encore l'espoir de la retrouver vivante... Si j'étais veuf, ce serait différent, mais c'est beaucoup trop tôt pour moi, tu comprends ?

— Oui, c'est ça le problème, je comprends toujours trop.

— Megan, je n'ai rien à t'offrir pour l'instant, mais je ne veux pas qu'on arrête de se voir pour ça. Ne me fais pas ces yeux-là, je ne veux pas te faire de peine, mais ça ne fait même pas un mois que Julia a disparu... Je vais t'avouer moi aussi ce que je ne voulais pas te dire tout à l'heure. L'autre jour, quand tu es venue à la maison, je t'ai désiré comme un malade, j'avais une envie irrésistible de t'embrasser, c'est fou, hein ?

— Tu avais envie de m'embrasser, mais tu ne m'aimes pas, je le sais.

— Megan, je t'aime beaucoup et tu le sais... Et je te trouve belle à croquer, je ne suis pas fait en bois. Je ne t'avais jamais regardée comme ça avant. Mais je ne peux pas...

— Tu ne veux pas, tu veux dire ?

— Non, je ne veux pas. Tu as raison. Pourquoi tu viens gâcher cette belle soirée Megan ? On avait tellement de plaisir ensemble !

— Parce que je ne peux plus faire semblant Tom ! Je t'aime depuis toujours. Quand tu t'es marié, j'ai eu le cœur brisé. Je n'ai jamais réussi à construire de relation stable à cause de toi. Ne me regarde pas comme ça Tom ! À chaque fois que je rencontrais quelqu'un, je m'imaginais que c'était toi.

— Je ne savais pas Megan. Je croyais qu'on était des amis. Je n'ai jamais voulu te blesser.

— Tu sais, dans l'amitié entre personnes de sexes opposés, il y en a toujours un qui finit par tomber amoureux. C'est comme ça.

C'est dans une atmosphère lourde qu'ils mangèrent leurs beignets à la banane. Tom paya rapidement et raccompagna Megan à sa voiture. Ils n'échangèrent pas un mot et chacun repartit chez soi, le cœur abattu.

Quand elle vit Tom passer le pas de la porte, à son expression, Robbie Baker sut que sa prière avait été entendue, et remercia intérieurement. Elle accueillit Tom l'air contrit puis prit rapidement congé de lui. Après Julia, il venait de perdre Megan.

Chapitre 5

Trois mois passèrent ainsi. Megan fit le silence et Tom n'osa pas la rappeler. À part l'arrestation de Maurizio Vapenna, l'enquête avait peu avancé. Julia restait toujours introuvable. Pourtant l'inspecteur Douglas faisait son possible, car il lui tenait à cœur de résoudre ce mystère.

Ce soir-là, Douglas n'étant pas de garde, avait pu prendre une soirée bien méritée. Il était enfin chez lui, savourant la tranquillité de son havre et jetant un coup d'œil aux grands titres de *La Presse* tandis qu'un plat de lasagnes surgelées chauffait au four micro-onde quand le téléphone sonna.

— Fichu téléphone, on a jamais la paix ici ! Je suis off !

Son répondeur s'enclencha. « Bonsoir, vous êtes bien au 514-555-0896, laissez un message après le timbre sonore. »

— C'est Jean, désolé de vous déranger à une heure si tardive, mais j'ai reçu un appel anonyme ce soir et on vient de découvrir le cadavre d'une femme. Rappelez-moi le plus vite poss....

Douglas se rua sur le combiné de téléphone.

— Jean, n'y touchez pas, j'arrive !

***

Les gyrophares allumés de deux voitures de police projetaient des ombres étranges sur les arbres d'une forêt. Une petite pluie fine tombait ne semblant nullement déranger les trois policiers qui discutaient entre eux en attendant leur chef. Jean, aperçut le premier Douglas qui s'avançait vers eux.

— Ah, inspecteur, vous voilà. L'ambulance devrait être là d'une minute à l'autre. Le cadavre est là, près des fourrés. Personne n'y a touché.

— Est-ce que c'est... ?

— C'est difficile à savoir. Elle a un trou dans la tête. Un coup de fusil à bout portant.

— Je vois.

Douglas s'approcha de l'endroit indiqué, son adjoint sur ses talons. Il écarta de son bras un buisson épineux et aperçut le corps inerte.

— C'est pas joli, joli, dis donc ! Il lui manque la moitié de la tête.

Il commença à fouiller les poches de la victime, tomba sur un portefeuille qu'il tendit à son adjoint.

— Tenez, Jean, regardez s'il y a quelque chose là-dedans... Où est l'arme ?

— Emballée, prête pour les analyses.

— Les douilles ?

— On les a retrouvées un peu plus loin, répondit Jean en lui indiquant un coin sombre de la forêt.

— Bien... Qu'en pensez-vous ?

— C'est difficile à dire, mais je pencherais plutôt pour la thèse du suicide... Il n'y a aucune carte d'identité dans son portefeuille, juste de l'argent.

— Bon, ramassez-moi tout ça. Il va falloir que j'appelle Smith pour l'identifier en espérant qu'il en sera capable. Quel fichu boulot !

***

Dans le couloir de la morgue de l'hôpital Sainte-Marie, Douglas préparait Tom à ce qu'il allait voir. À leur cou, pendaient des masques d'hygiène bleus.

— Monsieur Smith, comme je vous l'ai dit, il se peut que ce ne soit pas votre femme. Elles sont dans les mêmes âges, mais ce n'est peut-être qu'une coïncidence !

— Je suis prêt, mentit Tom.

— J'espère que vous avez le cœur bien accroché, car elle a eu la moitié de la cervelle arrachée ! Tom déglutit péniblement. Il n'avait aucune idée de la façon dont il allait réagir n'ayant jamais vu un mort auparavant, mais cette perspective ne l'enchantait guère. Il redoutait surtout de reconnaître sa bien-aimée ou du moins ce qu'il en restait.

— C'est bon, allons-y, je veux en finir.

— Tenez, prenez ça.

— Un sac ?

— Au cas où vous auriez envie de vomir.

Tom et Douglas pénétrèrent dans la morgue. Le médecin légiste qui avait constaté le décès était présent ainsi que celui qui allait pratiquer l'autopsie. L'air était glacial et Tom frissonna. Le médecin ouvrit un tiroir en métal encastré dans le mur. Un corps recouvert d'un drap blanc apparut. Le médecin jeta un regard à Douglas et fit un signe à Tom.

— Vous êtes prêt ? demanda le médecin légiste.

Tom hocha lentement la tête en signe d'assentiment. D'un coup sec, le médecin retira le drap. À la seconde où ses yeux se posèrent sur le cadavre, Tom eut un haut-le-cœur incontrôlable et vomit bruyamment dans son sac.

— C'est dur, je sais, mais il va falloir regarder à nouveau monsieur Smith. Est-ce que vous la reconnaissez ? Douglas avait pris une voix douce.

— Je... je ne peux pas.

— Un petit effort s'il vous plaît.

Tom n'avait jamais rien vu de si épouvantable. Le visage de la femme avait été arraché du côté gauche, révélant une partie du cerveau. Il lui manquait également un œil comme dans les films les plus sanguinolents. C'était une vue insupportable qu'il n'oublierait jamais. Cela lui prit tout son courage pour regarder à nouveau. Il ne reconnaissait rien de Julia, mais avec ce visage défiguré, c'était difficile d'être catégorique.

— Je... je ne suis pas sûr. Elle a un grain de beauté sur le ventre, côté droit.

Le médecin leva la chemise de la morte.

— Oh mon Dieu !

Pas la plus petite trace d'un grain de beauté.

— Ce n'est pas ma femme.

— Merci, je vous raccompagne, monsieur Smith.

Douglas le prit gentiment par les épaules. D'un côté, il était soulagé pour Tom que ce ne fût pas sa femme, car il le trouvait sympathique. De l'autre, il avait un problème de plus sur les bras avec ce cadavre.

***

Tom bouleversé ne savait vers qui se tourner. Il avait essayé tant bien que mal de cacher son angoisse à ses filles, mais sensible, la plus grande avait perçu le malaise de son père.

— Ça ne va hein, papa ? questionna gentiment Elaine, en posant sa main sur la sienne. Assis dans le canapé alors que ses filles jouaient au Monopoly sur le tapis du salon, il avait lutté contre les larmes. *Je ne vais quand même pas m'écrouler devant mes enfants !*

— Non, ça ne va pas très fort ma puce. Viens là. Tom serra fort sa fille aînée dans ses bras qui se laissa faire avec plaisir. Elle aurait tant voulu que son papa soit moins triste. Puis non pas une, mais deux idées germèrent dans son jeune cerveau. Elle encouragea son père à s'allonger sur le sofa et relaxer et lorsqu'elle le vit s'assoupir rapidement, elle prit discrètement le portable de son père, s'enferma dans les toilettes et activa la composition automatique. « Mon papa ne va pas bien, » dit-elle simplement à son interlocuteur puis elle raccrocha. Elaine remit ensuite le portable sur la table du salon alors que son père ronflait paisiblement. Lily gazouillait seule, prise dans son monde imaginaire.

— Viens, Lily.

— On va où ?

— Se coucher.

— Veux pas me coucher ! protesta la cadette.

— Il est l'heure petite sœur. Je vais te lire une histoire, lui promit Elaine.

Lily trottina avec sa sœur jusqu'à leur chambre.

***

Megan hésita un instant sur la conduite à tenir. Elle avait reconnu la voix d'Elaine au téléphone. Et puis ce fut plus fort qu'elle. Tom était dans le besoin. Ce n'était pas le moment de le laisser tomber. Même s'il ne serait jamais celui qu'elle espérait. Une demi-heure plus tard, la jeune femme sonnait chez Tom. Pour sa plus grande surprise. Lorsqu'il lui ouvrit, les cheveux hirsutes, les yeux cernés, son cœur fondit. Sans un mot, elle se pencha en avant, prit le visage de Tom dans ses mains et l'embrassa à pleine bouche. Tom, surpris, se laissa faire un instant, puis réalisant ce qu'il était en train de faire, la repoussa violemment.

— Non ! Je ne peux pas, Megan !

— Tu ne peux pas ou tu ne veux pas ?

La jeune femme le regarda de ses grands yeux de biche, visiblement blessée.

— Je suis marié, Megan.

— Avec une femme qui a disparu !

— Je suis désolé.

Megan ne dépassa jamais la porte de l'entrée et lui tournant le dos, claqua la porte derrière elle. Leur amitié n'était plus.

***

Quelques jours plus tard, par une belle matinée de printemps, Douglas longeait tranquillement un chemin de campagne. C'était là, dans le silence, qu'il trouvait souvent la solution d'une enquête.

Douglas était embêté. Il fallait absolument qu'il réussisse à parler à Burke. C'était le seul qu'il n'avait pas réussi à interroger. Il était bien passé plusieurs fois chez lui, mais le bougre n'était jamais là et ne retournait pas ses appels. L'enquête piétinait. Il savait que s'il ne trouvait rien d'ici deux semaines, le dossier serait fermé, car cela coûtait cher aux contribuables comme le lui avait rappelé dernièrement son supérieur. Fichu gouvernement qui ne se donnait pas les moyens d'attraper les meurtriers !

***

Tom était tombé malade après sa visite à la morgue. Il avait expliqué la situation à son patron qui s'était avéré très compréhensif. Il avait décidé de prendre quelques jours de vacances dans le Vermont et avait pris son courage à deux mains pour rappeler Megan. Il lui avait humblement demandé de l'accompagner et elle avait accepté. Les enfants avaient été confiés à leur grand-mère. Oublier, ne penser à rien. Megan était un rayon de soleil comme à son habitude. Ils n'avaient jamais reparlé de la soirée au restaurant japonais ni de leur dernière dispute. Tom avait loué deux chambres dans un petit hôtel, planté dans un décor bucolique. Il avait beaucoup réfléchi et avait décidé de donner une chance à cette relation. Julia avait disparu depuis plus de sept mois maintenant. L'hôtel tenait un petit restaurant au rez-de-chaussée, réputé pour sa bonne table. La serveuse était venue lui proposer du vin et il avait opté pour un bon Bordeaux en attendant Megan, qui se préparait. Enfin, elle arriva dans une jolie robe rouge à manches longues et Tom ne put qu'admirer sa beauté.

— Tu es ravissante.

— Merci Tom.

Elle rougit un peu, troublée et un flot d'émotions l'envahit. *C'est un ami, UN AMI.*

Tu veux du vin ma chouette ?

— Une larme. J'ai l'alcool triste comme tu sais. *Mais pourquoi, j'ai dit ça, moi ? Je veux gâcher la soirée ou quoi ?*

— Dédramatise Megan, je te sens nerveuse. Allez, à ta santé !

Le vin aidant, la tension se dissipa entre eux et fut remplacée par un bien-être grandissant. Tom raccompagna galamment Megan à sa chambre, puis à sa grande surprise, la prit par la taille et l'embrassa. Elle lui rendit son baiser puis nicha sa tête dans son cou. Ils restèrent longtemps ainsi sans échanger un mot. Tom ne put s'empêcher de penser à sa femme. Mais Julia ne reviendrait pas. Elle était décédée, les enquêteurs en étaient certains. Il ne manquait que le corps pour le prouver. Alors jusque-là, il n'était pas véritablement veuf. Mais parlait-on d'adultère lorsque sa femme s'était évaporée ?

***

Dans les mois qui suivirent, Megan et Tom se fréquentèrent assidûment. Ils prirent toutes les précautions nécessaires pour n'être jamais vus ensemble en public. Car Tom savait qu'une petite ville comme Brownsville pouvait avoir les idées étroites. Mme Baker, étrangement n'avait plus de disponibilité pour garder ses filles. Il avait dû se résoudre à louer les services d'une baby-sitter inconnue, qui prenait très cher à son goût pour regarder la télévision.

— Bon, ne couchez pas les filles plus tard que 19 h 30, entendu ?

— Ouais, c'est bon.

— Ça vous ennuie d'enlever vos pieds du sofa ? ajouta-t-il froidement.

La jeune fille s'exécuta à contrecœur.

Tom, vêtu d'une belle chemise en lin et d'un pantalon noir rejoignit ses filles dans sa chambre, mais prêta l'oreille lorsqu'il entendit la voix d'Elaine. Que pouvaient bien se dire ses filles ?

—...— Et que tu puisses ramener ma maman bientôt. Et dis-lui que nous l'aimons. Lily lui a fait un dessin et moi je lui ai écrit un poème. Merci Seigneur, amen !

Tom poussa doucement la porte.
Avait-il bien entendu ? Il ouvrit la bouche de surprise.

— Mais qu'est-ce que vous faites ? faisant sursauter Elaine et Lily très concentrées.

— Papa, frappe avant ! Tu nous as fait peur. On priait.

Elaine et Lily étaient à genoux au pied du lit, et les mains jointes, la cadette imitant l'aînée dans tous ces gestes et paroles sans trop comprendre.

— Vous priez ? Ah bon ? Mais qui vous a appris ça ?

— Personne. J'ai vu madame Baker le faire, répondit Elaine.

— Prie avec Laine ! ajouta fièrement la cadette.

— Ah oui ? Et ça fait longtemps que tu pries ?

— Oui, ça fait longtemps, dit tristement Elaine.

— Pour que maman revienne ? ne put s'empêcher de demander son père bien que sachant la réponse.

— Oui. Si on prie assez fort, elle va revenir ! affirma Elaine en hochant la tête.

Tom ne sut que répondre à sa fille. Il prit conscience qu'il avait tellement bien réussi à échapper à son chagrin à travers l'amour de Megan, qu'il avait complètement ignoré celui de ses filles. Comment expliquer alors qu'il n'y avait pas d'explication ? Et qu'en fréquentant Megan, il avait oublié d'être attentif à ses filles. Ce soir-là, il renvoya la jeune baby-sitter malgré ses protestations, lui glissant un billet vert en dédommagement de son déplacement, et annula Megan. D'un tempérament impétueux, la jeune femme n'accepta pas les explications de Tom et lui raccrocha la ligne au nez. *Décidément, c'est une manie chez elle !*

Ce soir-là, l'extinction des feux fut décalée exceptionnellement d'une heure que Tom passa sous la couette avec ses enfants à leur lire *Thomas, le train.* Lily et Elaine, collées contre lui, semblaient de petits chatons perdus et retrouvés. Puis, quand il se retrouva seul, il accepta d'être confronté à sa solitude une fois de plus. Et pour la première fois, après quarante ans d'existence sans se questionner sur le sens de la vie et presque six mois après la disparition de sa femme, Tom accepta d'y réfléchir. Il savait qu'il n'avait fait que fuir jusqu'ici, refusant de faire le deuil de Julia. Il était aussi en colère contre Dieu. *Seigneur, si tu existes... alors pourquoi ? Pourquoi ma Julia ? Pourquoi me l'as-tu enlevée ? POURQUOI ?* Il laissa remonter sa rage, son amertume et son angoisse et déversa son fiel pendant plus d'une heure, laissant enfin sortir ses émotions étouffées trop longtemps. Il pleura comme un enfant sur son rêve de famille brisée, sur sa moitié disparue. *Seigneur, je ne sais pas si tu existes, mais si tu m'entends, je t'en supplie, fais un miracle.* Tom n'avait pas d'idée précise sur le genre de miracle qu'il voulait de Dieu, mais il voulait simplement arrêter de souffrir. Et arrêter de voir de la tristesse dans les grands yeux de ses filles. *Fais-le pour mes petites filles.* Tom ne savait si sa longue prière avait été entendue, mais toujours est-il qu'il se sentit apaisé et dormit cette nuit-là d'un sommeil profond.

Chapitre 6

Puis un jour, Tom reçut l'appel tant redouté de l'inspecteur Douglas.

— Monsieur Smith ? J'ai eu l'ordre d'arrêter les recherches. Je suis désolé.

— Je... je comprends, murmura Tom.

— Sa photo restera quand même affichée dans tous les postes de police.

— Très bien... Merci.

Quand il raccrocha, il eut une énorme boule dans la gorge. Ça y est, c'était vraiment fini. *Julia ! Ma Julia !*

Il ne voulut voir personne pendant quelques jours, pas même Megan. Il ressentait une infinie tristesse, car il comprenait que le temps du deuil était arrivé. Ce fut très dur pour ses petites filles aussi. La petite ville de Brownsville avait décidé de rendre un dernier hommage à Julia Smith et organisa à ses frais une cérémonie sans prétention. Il dut expliquer à Elaine et Lily que même si leur maman n'était pas dans le cercueil, son âme était partie au ciel et qu'elles ne devaient plus espérer son retour à moins d'un miracle. Mais la plus grande, Elaine, croyait dur comme fer que le Bon Dieu allait lui rendre sa maman et n'en démordait pas malgré les arguments cartésiens de son papa. Si c'était une période éprouvante pour les Smith, cela l'était tout autant pour Megan et il lui arrivait de craquer.

— Donne-moi du temps Megan, lui avait-il rétorqué un soir au téléphone.

— Ça fait six mois qu'elle n'est plus là, mais moi je suis vivante, tu comprends ?

— S'il te plaît, Megan, ne rends pas les choses plus difficiles.

— Je comprends que ce soit un deuil que tu doives faire, mais ce que je ne comprends pas, c'est que tu m'écartes de ta vie ainsi. Si tu refuses que je sois là dans tes moments de peine, à quoi cela sert-il d'être ensemble ?

Tom ne répondit pas tout de suite. Le coup avait porté et Megan le savait.

— C'est à toi de choisir, Tom !

— Attends... Ah zut, elle a raccroché !

Il recomposa le numéro et laissa sonner longtemps. Puis, en un éclair, il ramassa sa veste, ses clés et se rua dehors. Il se répétait ce qu'il allait lui dire, oui j'ai besoin de toi, Megan, pardonne-moi. Je ne voulais pas t'impliquer dans cette noirceur, c'est tout. Je t'aime beaucoup. Elle risquait de ne pas apprécier le « beaucoup », mais il n'allait pas lui mentir quand même.

Les mois avaient passé et les saisons suivaient leur cours, indifférentes aux peines et aux joies des habitants de Brownsville. Tom s'était rendu aux arguments de Megan et il n'avait jamais regretté sa décision. Cette femme était un véritable baume à ses maux.

Le docteur Burke quant à lui, était un homme heureux. Assis chez lui dans son salon, il observait les poissons de son bel aquarium luire dans le noir. *L'avancée de la science permet des choses magnifiques quand même !* Un whisky bien mérité à la main, ses pensées dérivèrent naturellement sur la journée qui venait de s'écouler. Tout avait marché comme sur des roulettes, au-delà de ses espérances mêmes. Et dans quelques jours, le projet entrerait dans sa dernière phase. Quant aux autorités, il n'avait pas vraiment été inquiété par elles. Certes, il y avait bien eu ce fouineur, comment s'appelait-il déjà ? Ah oui, Douglas, mais lorsqu'il avait finalement accepté de le rencontrer, il était prêt. Il avait prétexté un séjour à l'étranger pour n'avoir pas retourné ses appels. Où avait-il été ? À Paris, oui il y avait des amis là-bas. Avait-il eu beau temps ? Non, le temps avait été pourri, comme d'habitude. C'était une ville qu'il connaissait bien pour y avoir séjourné souvent, il ne lui avait donc pas été difficile de broder. Et cet imbécile avait gobé l'histoire comme prévu.

Burke devait reprendre son poste dans quelques jours, son congé sabbatique tirant à sa fin, mais ses pensées étaient à des lieux de l'hôpital. Il était comme un enfant à la veille de déballer ses cadeaux. Il savourait à l'avance les réactions des habitants de Brownsville. La ville entière serait en émoi à cause de lui. Certes, le monde n'en saurait rien, du moins pas tout de suite, il faudrait être patient pour que les mentalités évoluent, mais ce serait son secret, sa fierté.

***

Chez les Smith, on pouvait entendre une musique entrainante de jazz. Elaine et Lily étaient attablées pendant que leur père leur préparait un chocolat chaud en sifflotant.

— T'es joyeux aujourd'hui, papa.

— Oui, ma puce. Je suis joyeux parce qu'aujourd'hui, c'est congé, et vous vous vous souvenez ce qu'on va faire ?

— Oui, on va voir les chevaux à la campagne avec Megan parce que c'est sa fête !

— Vous vous rappelez ce que je vous ai dit ? C'est une surprise. Il ne faudra pas lui révéler dans la voiture où on va, d'accord ?

— Dis papa...

— Oui, Élaine ?

— Est-ce que Megan va devenir notre nouvelle maman ?

Un temps.

— Je... est-ce que vous aimeriez ça ?

— Elle est gentille Megan, moi je veux bien, murmura Lily.

— Et toi Elaine ?

— Je sais pas. Est-ce qu'on va être obligé de l'appeler maman ?

— Mais non, ma chouette, bien sûr que non !

— Est-ce qui va falloir lui obéir comme à maman ?

— Il va falloir l'écouter parce que c'est une grande personne, mais elle ne remplacera pas maman. Et elle viendra habiter avec nous seulement si tu le veux.

Elaine réfléchit un instant.

— J'aime pas quand tu es triste papa, et Megan elle te rend heureux… alors je veux bien.

— Ma chérie, murmura-t-il en l'embrassant. Il était ému, mais voulait surtout ne rien laisser paraître. Allez, finis ton assiette ! Tu pourras lui dire tout à l'heure quand on sera au restaurant.

***

Chapitre 7

Le douze mars 2016 en début d'après-midi, madame Turner était en train de nourrir sa perruche bleue tout en lui faisant la conversation. Une rue plus loin, au bar « la Taverne », une mouche narguait Etienne Tremblay, allant jusqu'à se poser sur son front, défiant son calme légendaire. Les clients, nombreux, comptaient Maurizio Vapenna, sa femme et sa nombreuse progéniture, la Taverne étant le seul endroit abordable pour l'italien. Sa boucherie avait fait faillite. Pas étonnant avec cet idiot d'Angélo !

Quatre rues plus loin, une femme dans une cabine téléphonique raccrochait le combiné et fourrait un bout de papier griffonné dans sa poche. Elle avait sonné longtemps chez les Smith et hésitait maintenant sur la conduite à tenir. Elle fit quelques pas, s'arrêta devant le commissariat de Police, puis se décidant enfin, poussa la porte.

— Je voudrais rentrer chez moi, mais je ne sais pas comment m'y rendre !

Le préposé leva la tête. À son expression de surprise, elle répondit par un timide sourire.

Au poste de Police de Brownsville, la porte fermée d'un petit bureau indiquait qu'un interrogatoire était en cours.

— Nom ? demanda l'agent, le nez sur son ordinateur. *Encore une pochtronne !*

— Julia Smith.

Le policier se gratta le menton machinalement.

— Julia... Julia, ça me dit quelque chose... enfin, continuons... occupation ?

— Je... Je suis infirmière.

— Des enfants ?

— Je crois.

— Vous croyez ? Le policier la regarda dans les yeux. *Dérangée en plus.*

— Enfin. Je... je ne me rappelle plus.

— Et ben, on n'est pas sorti de l'auberge ! Bon, reprenons.

— Je suis fatiguée.

— Oui, moi aussi. Sylvain, apporte-moi un café s'il te plaît.

— OK.

Le jeune stagiaire se leva docilement du cubicule voisin en traînant les pieds. *C'est nul comme boulot !*

— Attendez-moi là, j'vais vérifier quelque chose, informa l'agent qui l'interrogeait à l'attention de Julia.

Le policier sortit et rentra dans une salle remplie de dossiers. Quelque chose le dérangeait. Il n'avait été affecté à la ville de Brownsville que depuis quatre mois, mais néanmoins ce nom de Julia Smith lui semblait familier. Il se mit à fouiller, prit une chemise et l'ouvrit. *Nom de nom !*

Il appela le jeune stagiaire qui lui répondit d'un lointain « Ouais, chef ? »

— Sylvain ! Laisse faire le café, « page » Douglas, code rouge, c'est urgent !

***

Un peu plus tard, l'inspecteur Douglas arriva et salua cordialement Julia. Il portait comme à son habitude, son tweed marron démodé « assorti » d'un pantalon en velours gris.

— Bonjour madame Smith. Je suis l'inspecteur Douglas. Ravi de vous revoir parmi nous.

— Est-ce que je vais bientôt pouvoir rentrer chez moi ?

— Dès que nous aurons rempli quelques formalités. On a laissé un message à votre mari.

— Je ne vais pas pouvoir vous aider beaucoup. Je... je suis amnésique.

— Vous ne vous souvenez pas de l'accident ?

— Non, c'est un docteur qui me l'a raconté.

— Un docteur ?

— Oui, je suis restée combien de temps à l'hôpital ?

— Ah... vous n'êtes pas au courant ? Cela fait un an que vous avez disparu de l'hôpital où vous étiez.

— Un an ? Oh, mais c'est impossible, j'en sors juste !

— À quoi ressemblait le docteur ? Si je vous montre des photos, seriez-vous capable de l'identifier ?

— Non... ils étaient plusieurs... mais leurs visages étaient toujours cachés par des masques, à cause des microbes, il fallait que je reste dans une chambre stérile.

— Vous êtes restée un an dans une chambre ?

— Je dormais beaucoup. Mais quelques fois, j'étais autorisée à aller dans le parc.

— Madame Smith, il faut me dire absolument tout ce dont vous vous souvenez. C'est capital... Sylvain, apportez-nous encore des cafés... Vous avez été portée disparue pendant un an, madame Smith, tout le monde vous a cru morte, votre mari a accepté que la ville organise votre enterrement et...

— Oh, mon Dieu !

— Je ne connais pas la raison de votre enlèvement. Il semble que vous n'ayez pas subi de sévices, vous avez même été soignée par des mains expertes d'après ce que je peux voir, mais je compte élucider ce mystère ! Et j'ai déjà une petite idée là-dessus.

Douglas sc rappelait la conversation qu'il avait eue avec Burke, il y a plus de huit mois, et consciencieux comme il l'était, il avait demandé à Jean de vérifier le temps à Paris dans les deux dernières semaines de mai 2015. Il avait relu la missive deux fois. Plus de vingt degrés, il n'avait pas plu une seule fois ! Burke lui avait menti, mais pourquoi ? S'il était sûr d'une chose à cet instant, c'était que Burke était impliqué dans la disparition de Julia. Il fallait qu'il le coince.

— Lait, sucre ?

— Les deux, merci.

— Que vous rappelez-vous d'autre ?

— Je… je ne suis pas sûre si c'était la réalité ou si c'est moi qui rêvais.

— Allez-y toujours.

— Dans mon rêve, j'avais des sortes d'électrodes qui me reliaient à une drôle de machine... Un jour, j'ai demandé à quoi cela servait et on m'a répondu que cette machine était comme un instructeur, qu'elle me réapprenait tout, même comment marcher. J'étais branchée dessus presque nuit et jour.

— Eh bien, dis donc, il voulait faire de vous un singe savant ou quoi ?

— Comme je vous l'ai dit, c'est flou.

— Tiens, c'est quoi, ça ? Montrez-moi votre avant-bras... On dirait une trace de piqûre... Peut-être vous a-t-on injecté quelque chose pour oublier tout ça justement.

— Je... je ne sais pas. C'est un peu confus dans ma tête !

— Son mari est arrivé, inspecteur, avertit Sylvain.

— Nous allons rester en contact, madame Smith, voici ma carte avec mon numéro personnel. Si vous vous souvenez de la moindre chose, s'il vous plaît, appelez-moi même au milieu de la nuit !

— Entendu.

— Mme Smith ?

— Oui ?

— Vous savez, cela risque d'être tout un choc pour votre mari. Je vais lui dire un mot. Au revoir, Julia et reposez-vous.

— Au revoir, inspecteur Douglas.

Douglas sortit et vint à la rencontre de Tom.

— Il se peut qu'elle ne vous reconnaisse pas ; elle ne se rappelle de rien.

— Très bien. Dites-lui que je l'attends dehors.

Tom se sentait extrêmement nerveux. Sa Julia était revenue. Il avait du mal à réaliser que c'était vrai. En même temps, il était pris dans un véritable dilemme. Car il avait demandé à Megan de venir vivre chez lui et... elle avait dit oui ! Il était devenu blanc comme un linge lorsqu'il avait reçu la nouvelle au restaurant. Mais pourquoi n'avait-il pas fermé son portable ? Et la tête de Megan quand il lui avait annoncé qu'il devait retourner d'urgence à Brownsville.

— Ils ont retrouvé Julia... vivante.

Elle avait blêmi et malgré son offre de venir les rechercher, elle et les enfants, elle avait décidé de rentrer. Le voyage avait été triste et silencieux.

— Tom ?

Julia se tenait devant son mari, frêle dans son manteau beige. Elle lui fit un timide sourire.

— Julia ? C'est toi ?... J'ai l'impression de rêver.

Il se précipita sur elle et la prit dans ses bras. Elle se laissa faire. Il se détacha mal à l'aise tout d'un coup. *N'est-elle pas heureuse de me voir ?*

— Je... nos filles sont dans la voiture, bafouilla Tom en indiquant une Kia Sorento noire garée non loin.

— Lily et Elaine, c'est ça ?

— Tu ne te rappelles plus d'elles ?

— Non, c'est comme un nuage flou.

— Est-ce que tu me reconnais ?

— Pas vraiment, avoua Julia. C'est l'inspecteur qui m'a prévenu que mon mari m'attendait... Je suis amnésique Tom.

— On m'avait averti... *Oh, ça va être plus dur que je pensais !* Viens... Les petites sont très excitées, j'ai eu toutes les peines du monde à les faire rester dans la voiture.

— Ne t'inquiète pas, Tom, répondit doucement Julia, sentant son agitation grandissante.

Et d'un geste affectueux, elle passa son bras autour de lui, l'entraînant à sa suite vers le véhicule familial.

— Regarde, Elaine, c'est maman ! Maman ! s'écria Lily, debout sur la banquette arrière, les yeux écarquillés.

Elaine colla son nez contre la vitre, imitant sa cadette et vit sa mère encore plus belle que dans son souvenir. Le miracle avait eu lieu ! Jésus avait répondu à sa prière. Mais en même temps, elle se sentait tiraillée par des sentiments contradictoires et lui en voulait de cet abandon. Elle n'avait même pas envoyé une carte pour son anniversaire !

En quelques enjambées, Julia et Tom rejoignirent la voiture et pendant que son mari déverrouillait les portières, la jeune femme se laissa dévisager patiemment par deux petites frimousses. La vitre arrière était tout embuée de leurs respirations.

— Mes petites filles... murmura Julia quand elle fut face à Lily et Élaine.

Même si Julia n'avait aucun souvenir de ses filles, elle fut émue lorsqu'elle croisa leurs regards remplis d'innocence.

Elaine garda ses distances et il fallut toute la patience de Julia pour arriver à l'approcher et plusieurs jours pour se faire pardonner une si longue absence.

Son mari Tom était plein de sollicitude pour elle, presque trop, mais il fallait qu'elle s'habitue. Si elle avait l'impression de s'éveiller à une nouvelle vie, son entourage, lui, avait l'impression de s'éveiller d'un long cauchemar. Le plus dur pour elle, c'était qu'elle ne se sentait pas aussi attachée à cette famille qui lui tombait du ciel, n'ayant aucun souvenir affectif. Elle passait son temps à faire semblant afin de ne pas faire souffrir ceux qui l'aimaient et elle s'évertuait à apprendre le plus vite possible l'histoire de la famille avec son lot de menus événements.

Brownsville fit la une des journaux nationaux. Madame Turner, qui n'avait jamais quitté la ville, ne se rappelait pas qu'un tel vent d'agitation ait secoué la petite ville en plus de trois quarts de siècle d'existence !

Madame Duchemin qui travaillait au service administratif de la mairie avait maintenant sur les bras un gros problème : une décédée ressuscitée ! Comment faisait-on légalement ? Devait-on simplement déchirer le certificat de décès ? Et qui était mandaté pour le faire ? Aux différents paliers gouvernementaux, elle obtenait toujours la même réponse : on ne sait pas. *Ah, Julia, tu ne nous la fais pas
facile !*

Mais Julia Smith avait des soucis d'un tout autre genre. Ses filles n'arrêtaient pas de lui remémorer son amnésie.

— Mais maman, on ne faisait pas comme ça avant !

Il y avait aussi cet homme qui vivait auprès d'elle et qu'elle trouvait chaque jour plus attachant. Mais pourquoi s'isolait-il parfois pour téléphoner ? Qu'est-ce qu'il lui cachait ?

Tom avait fermé la porte de son bureau et composé le numéro de téléphone de Megan. Il fallait qu'il clarifie la situation une fois pour toutes, car il ne pouvait plus ignorer ses appels incessants et ses messages sur la boîte vocale de son répondeur. Un jour, elle allait appeler à la maison et faire un esclandre, il le sentait. Megan était une femme blessée et risquait de se venger. C'était une bombe à retardement. Et puis, il désirait être honnête avec Julia. Il ne voulait rien lui cacher. Alors un jour, il l'avait appelée. Elle n'avait pas répondu aux messages dans la journée, mais le soir, elle avait enfin décroché.

— Écoute, je vais prendre le temps pour qu'on se voie ce soir parce que je ne veux pas te dire tout ça au téléphone... Non, ce ne sont pas mes sentiments pour toi qui ont changé... C'est la situation... Écoute Megan... Je suis obligé de te le dire... J'aime ma femme et je ne la quitterai pas... Je suis désolé de casser tes espoirs aussi abruptement... Oui, d'accord je suis un mufle, j'en conviens... Tu comptes vraiment détruire notre amitié ?... Ah, on n'était pas amis ? Écoute, tu es trop émotive là, je vais te rappeler... Je ne voulais pas te dire tout ça au téléphone...

— Tom, ça va ?

— Oui, oui, j'arrive ! Je dois y aller... Je t'aime beaucoup Megan... Ah, tu es là, chérie !

— Pourquoi fermes-tu toujours la porte de ton bureau quand tu téléphones ?

— Bah, rien d'important... le boulot.

— Tu sais, les « flashs » dont je t'avais parlé, et bien j'en ai de plus en plus souvent. Je devrais peut-être consulter.

— Ouais, on devrait aller voir un spécialiste, un neurologue. Moi, je trouve ça plutôt bon signe, ce doit être des bouts de mémoire qui te reviennent.

— Oui, mais j'ai peur.

— Mais de quoi, Julia ?

— Eh bien, quelquefois on perd la mémoire de manière naturelle. J'ai lu dans un article que c'était une façon pour l'organisme de se protéger d'un profond traumatisme.

— Peut-être, Julia, mais moi je trouverais important qu'on puisse mettre la main sur tes agresseurs et tes flashs peuvent nous y aider.

— Très bien, prends un rendez-vous, mais je veux que tu sois là.

Quand Tom et sa femme prirent place dans l'auto familiale, ils ne virent pas que quelqu'un les observait et que l'instant d'après une voiture noire les suivait.

Tandis que l'inconnu se garait en double file, les Smith rentrèrent dans le petit parking privé de la clinique. Burke les regarda entrer. Qu'est-ce qu'ils allaient faire dans une clinique de neurologie ? Il n'aimait pas ça, mais alors pas ça du tout. Se pourrait-il que Julia ait des réminiscences ? Mais en ce cas-là, même si elle n'avait jamais vu son visage, elle pourrait se rappeler sa voix.

Pourtant les autres chercheurs lui avaient assuré d'une amnésie totale. Un neurone détruit ne pouvait se reconstituer. Mais il savait que le cerveau humain avait la capacité de recréer de nouvelles connexions avec d'autres neurones et des neurones dans le cerveau il y en avait des milliards ! Avait-il sous-estimé les capacités du cerveau de Julia ?

On cogna sur sa vitre ce qui le fit sursauter.

— Qu'est-ce que vous faites là ? Vous n'avez pas le droit de vous garer ici ! vociféra une agente de police, visiblement de très mauvaise humeur.

Il fit son sourire le plus engageant à la policière qui l'interpellait.

— Je partais à l'instant, désolé.

— Montrez-moi vos papiers, grogna-t-elle.

— Vous n'allez pas me pénaliser. J'attendais ma mère qui avait rendez-vous à la clinique en face.

— C'est ça ! marmonna-t-elle en vérifiant permis et assurance. C'est bon pour cette fois, finit-elle par lâcher en les lui rendant.

— Merci, vous avez un joli sourire !

L'agente le regarda partir en haussant les épaules.

— Macho, va !

La visite chez le Dr Messier n'avait pas donné grand-chose. Il avait conseillé à Julia de noter le plus en détail ses souvenirs fugitifs, y compris ses rêves. Il la rencontrerait une fois par mois pour faire le point à moins d'un changement majeur.

L'inspecteur Douglas avait pris de ses nouvelles. Non, elle n'avait rien de neuf à lui annoncer. Douglas raccrocha déçu. Bien qu'elle l'eût tenu au courant de ses réminiscences, il n'avait pas le moindre indice pour l'aiguiller.

Certes, il n'y avait pas eu de changement majeur au fil des mois. Ce fut plutôt un changement très subtil et insidieux presque anodin. D'abord, son mari lui fit remarquer à plusieurs reprises qu'elle avait l'air fatiguée. Pourtant Julia n'avait pas repris ses activités, elle réfléchissait d'ailleurs à une reconversion, mais se sentait en pleine forme.

Un matin comme les autres alors qu'après s'être brossée les cheveux vigoureusement, elle vint pour nettoyer la brosse, elle se figea de surprise : des cheveux gris. Elle se regarda attentivement dans la glace et perçut pour la première fois ce que sa famille prenait pour de la fatigue. Elle avait les yeux cernés et de grandes rides d'expressions autour des yeux et de la bouche. Elle n'avait pas ces rides il y a un mois, elle l'aurait juré. Les journaux ! Elle fouilla dans l'appartement, plus précisément dans le bureau de son mari et malgré sa discrétion habituelle, prit la clé de son secrétaire qu'elle savait cachée derrière la bouteille de whisky et ouvrit le premier tiroir. Elle fronça les sourcils en découvrant le jardin secret de son mari : des photos avec une femme, *mais c'est Megan*, d'autres avec les enfants tenant Megan par la main... *Mais pourquoi ne me les a-t-il jamais montrées ? Ah, tiens, dossier « Julia ».* Elle l'ouvrit et commença à regarder attentivement toutes les coupures de presse et la dernière photo, celle que Tom avait utilisée pour publier sa disparition. La photo était en couleur et Julia souriait au photographe. Oui, c'était bien elle, mais dix ans plus jeune. Pas un soupçon de ridule. *Qu'est-ce qui m'arrive ?*

***

Chapitre 8

Julia était installée dans un fauteuil confortable, faisant face au Dr Messier.

— Écoutez madame Smith, je ne peux pas me prononcer, commença le docteur Messier, un homme entre deux âges à l'air studieux. Si vous êtes d'accord, nous allons pousser plus loin les examens. Mais c'est peut-être l'effet du choc post-traumatique.

— Comment voulez-vous que j'ai un traumatisme puisque je ne rappelle de rien ?

Le médecin ne sut que répondre. Il était soucieux. Quelque chose ne tournait pas rond chez sa patiente et elle le savait aussi bien que lui.

— Je vous recontacte dès que j'ai reçu les résultats des analyses.

***

De retour à l'appartement, Tom et Julia eurent une grande discussion.

— Mais pourquoi tu ne m'as pas appelé ? Je serais venu avec toi.

— Si t'avais vu la tête du Dr Messier, c'est à peine s'il n'a pas défailli quand il m'a vue !

— On pourrait prendre des vacances si tu veux, aller au bord...

— Mais je ne suis pas fatiguée !!! répondit Julia excédée.

Tom fit mine de ne pas avoir entendu et d'un ton très calme demanda,

— Tu auras tes résultats quand ?

— À la fin de la semaine.

***

Les jours qui suivirent furent remplis d'appréhension. Tom tentait d'apaiser sa femme comme il le pouvait, tout en cachant sa propre inquiétude. Oui, il avait remarqué des changements dans le visage de sa femme. Et surtout, sa belle chevelure noire avait grisonné subitement. *Peut-être manquait-elle de vitamines après tout. Arrête de te faire du souci !* La sonnerie de son téléphone le tira de sa rêverie.

— Monsieur Smith ?

— Lui-même.

— Docteur Messier à l'appareil. Je voudrais vous voir à mon cabinet à 14 h cet après-midi. Votre femme est déjà prévenue. C'est important !

— Vous pouvez compter sur moi. Dites-moi, c'est grave ?

— Je vous verrai tout à l'heure, monsieur Smith. Au revoir.

***

— Laissez-moi entrer, bon sang ! hurla Megan en tambourinant sur la porte fermée du bureau de Tom. La secrétaire de Tom s'interposa énergiquement.

— Mademoiselle ! Monsieur Smith est occupé !

Mais Megan, ignorant royalement la secrétaire, donna un grand coup avec son épaule dans la porte qui s'ouvrit brusquement. Elle s'étala de tout son long, alors que Tom, en complet-cravate et la main sur la poignée de la porte, la regardait d'un air qui oscillait entre l'étonnement et la contrariété.

— Megan ? Mais ça ne va pas !

— Bonjour Tom.

La jeune femme se redressa tant bien que mal tandis que Tom saluait son client en s'excusant de l'incident. L'homme corpulent serra la main de Tom et sortit en jetant un coup d'œil méprisant à Megan qui le regarda impatiemment partir.

— T'as donné des consignes à tes cerbères ou quoi ?

Elle s'avança menaçante, dépassant légèrement Tom avec ses talons aiguilles. Elle était extrêmement séduisante dans sa robe fourreau qui lui moulait le corps, mais Tom était bien décidé à ne pas céder à nouveau à la tentation.

— Pas du tout... assieds-toi, lui répondit-il en reculant.

— Tu t'es bien fichu de ma tête Tom Smith ! Elle l'imita. « Ma chérie, Elaine a quelque chose à te demander de la part de nous tous, vas-y Elaine... demande-lui ».

— J'étais sincère que tu le croies ou non. Seulement jamais je n'aurais imaginé que Julia reviendrait.

— Et évidemment, tu n'avais plus besoin de ton bouche-trou ! Bye Megan, merci pour tout !

— Je t'aimais Megan, mais pas de la même façon que Julia. Enfin, tu le savais que je ne pourrais pas oublier ma femme en un an ! On vivait ensemble depuis dix ans, c'est la mère de mes enfants.

— Ah, c'est vrai que moi je ne t'ai pas fait ce coup-là !

— Tu es injuste !

— Oui, parce que j'ai mal ! Je n'ai pas mérité ça !

La jeune femme fondit subitement en larmes. Touché, Tom s'approcha d'elle et l'enlaça.

— Chuuu, Megan, ne pleure pas... je sais que je t'ai blessée et je te demande pardon… chuuu…

— Embrasse-moi.

— Non, Megan, je ne peux pas... s'il te plaît.

— Tu me désires encore, je le vois dans tes yeux.

Il la repoussa violemment.

— Oui, Megan, je te désire encore, je ne suis pas fait en bois, mais c'est non, tu comprends ?

— Tu n'es vraiment qu'un pauvre idiot ! Ne me recontacte jamais Tom Smith !

Elle partit en claquant violemment la porte sur elle.

***

Le docteur Messier était assis à son bureau, tendu, faisant face à Julia et son mari.

— J'ai eu les résultats et ce ne sont pas de bonnes nouvelles... Je ne tournerai pas autour du pot. Madame Smith, vous êtes atteinte d'un mal rarissime et incurable, le syndrome de Werner.

Le verdict était tombé comme un couperet même si ni Julia ni Tom n'en mesurait la portée.

— Qu'est-ce que c'est ?

— On ne sait malheureusement que très peu de choses sur cette maladie. On n'en connaît pas l'origine. C'est une sorte de malformation génétique très rare qui provoque une sénescence, c'est-à-dire un vieillissement accéléré.

— Je suis condamnée ?

—...Oui. Les patients atteints ne dépassent pas les cinquante ans. Je suis désolée.

— Quels sont les symptômes ?

— Les symptômes sont une dégénérescence du corps. Les cellules de votre femme, pour une raison inconnue, vieillissent dix fois plus vite que la normale... Il vous reste dix ou quinze ans tout au plus, madame Smith... Je suis désolé.

— Pourquoi Julia n'a-t-elle jamais été diagnostiquée avant si c'est de naissance ?

— Il existe peut-être une variante de la maladie qui se développerait plus tard après une période de latence.

— Cela veut dire que je vais ressembler à une vieille femme d'ici un an ou deux ?

— Probablement.

— Oh, mon Dieu ! Je ne le supporterai pas !

— C'est une épreuve de courage que la vie vous envoie. La science ne peut malheureusement rien faire.

Quand ils rentrèrent ce soir-là, ils n'eurent pas envie d'annoncer la terrible nouvelle à leurs filles. Tom avait donc demandé à sa mère de prendre les enfants pour quelques jours.

— J'ai besoin de me retrouver seul avec Julia.

Argument qui avait coupé court aux questions. Sur le chemin du retour, Tom lui parla de sa foi nouvelle et elle accepta de prier avec lui. Ils se firent livrer un repas chinois avec une bouteille de vin. Julia avait les yeux rougis d'avoir tant pleuré puis elle avait fini par suivre l'humeur de Tom qui avait décrété que leur bonheur ne se terminerait pas ce soir. Pendant qu'ils attendaient leur commande, Tom écouta ses messages. Il y en avait un de Megan, elle s'excusait, qu'il effaça aussitôt, et un de Douglas qui l'intrigua. Il avait eu une idée pour faire retrouver la mémoire à Julia. Il composa le numéro de Douglas.

— Allô Douglas ? Tom Smith.

— Ah, je suis bien content de vous avoir en ligne. Vous me direz ce que vous en pensez...

— Je vous écoute.

— Chéri, avec qui es-tu au téléphone ? demanda Julia en passant la tête par l'entrebâillement de la porte. Une spatule dans une main et un gant en silicone dans l'autre, elle lui décrocha un joli sourire.

— Douglas, chuchota-t-il en couvrant le téléphone de sa main. J'arrive, je vais t'expliquer... hum hum... oui... je vais lui en parler ! C'est une excellente idée. Bonsoir.

— Alors ?

— Et bien, figure-toi qu'il veut nous mettre en contact avec une thérapeute spécialisée en amnésie.

— Spécialisée en amnésie ?

— Il connaît quelqu'un de très sérieux. Elle utilise apparemment des méthodes de relaxation et de visualisation et son taux de succès est proche des 80 % !

— Avec ma chance, je vais me retrouver dans les 20 % pour qui on ne peut rien faire !

— Bien sûr que non... ça va marcher. Elle a, paraît-il, beaucoup d'expérience. Et elle travaille régulièrement avec la police surtout pour des chocs post-traumatiques.

— Mais si j'ai oublié, c'est peut-être pour une bonne raison justement.

— Écoute, Julia, c'est important de savoir ce qui s'est passé. Pour tourner la page et avancer. Et puis, je veux remettre la main sur tes ravisseurs et comprendre pourquoi... Je ne pourrai pas être en paix avant...

— Je ne sais pas...

— On est ensemble là-dedans, d'accord chérie ? Et en attendant, on va chercher les meilleurs spécialistes pour te soigner et avoir un deuxième avis.

— Le Dr Messier ne s'est pas trompé, je le sais.

— Hé hé, pas de pessimisme, chérie.

Tom enlaça sa femme tendrement. Je t'aime et je ne veux pas te perdre encore une fois.

— Moi aussi, je t'aime.

C'était la première fois depuis son retour qu'elle le lui disait et Tom eut les yeux plein de larmes. Ce soir-là, il avait retrouvé sa femme. Elle esquissa un geste sans équivoque et il l'entraîna vers le canapé. Enfin, il allait pouvoir la toucher, elle qui avait jusqu'ici refusé tout contact intime avec lui. Elle fut bizarrement assez maladroite, mais il n'en souffla mot.

Le lendemain matin, Tom buvait debout son reste de café pendant que Julia, attablée, croquait avidement dans une chocolatine.

— Tu es prête, on va être en retard. Douglas doit nous attendre !

— Je ne savais pas qu'il venait avec nous.

— Il a insisté. Il croit dur comme fer que ça va marcher.

— S'il y tient tant que ça, mais tu me réveilles si je dis des choses trop intimes !

— Promis ! Et tu sais quoi ? Il paraît que cette thérapeute est chrétienne.

— Ah bon ? Tant mieux. Allons-y, fit Julia en ramassant sa veste, une tartine encore dans la bouche.

***

Dans un salon confortable où d'épais rideaux avaient été tirés, Alexandra Romanov, une femme d'une quarantaine d'années au visage rond et doux se concentrait. Une musique douce diffusait un air de flûte. Sur un divan, Julia était assise confortablement et semblait attendre. En retrait, Tom la regardait d'un air anxieux tandis que Douglas vérifiait discrètement l'installation de son magnétophone.

— Nous allons prier un moment puis nous appliquerons quelques techniques de relaxation. Êtes-vous prêt, inspecteur Douglas ?

— Affirmatif, ça enregistre, confirma Douglas.

— Vous êtes sûre que ça va marcher sur moi ?

— J'en suis sûre. Détendez-vous.

Julia obéit et ferma les yeux. Elle se laissa bercer par la voix caressante de la thérapeute et sentit une paix descendre sur elle. La thérapeute fit une longue prière demandant l'aide du Seigneur pour aider Julia à se rappeler du passé. Puis, elle lui demanda ensuite de prendre de longues inspirations et de souffler par la bouche le plus lentement possible. Enfin, au bout d'un certain temps, elle lui demanda de visualiser les indications qu'elle lui donnait. D'abord une plage de sable blanc et le soleil caressant sa peau. Son mari Tom guettait toutes ses réactions tout comme Douglas, qui de temps en temps vérifiait que son magnétophone fonctionnait.

— Julia, vous êtes maintenant dans une chambre stérile avec des murs blancs, vous connaissez ce lieu... vous y avez passé de nombreux mois...

— Oui... répondit Julia les yeux fermés et comme endormie.

Tom était vraiment intrigué. La méthode de visualisation fonctionnait parfaitement sur sa femme. Bien plus qu'il ne l'aurait espéré.

— Qu'est-ce que vous voyez, madame Smith ? questionna la thérapeute.

— Des médecins, ils sont plusieurs. Ils discutent entre eux.

— Les reconnaissez-vous ?

— Oui, il y a Robert, Alain et Stéphane.

Douglas et Tom échangèrent un regard interrogateur. *Étrange...*

— Vous les appelez par leur prénom, Julia ?

— Bien oui, ils sont comme ma famille, mais c'est surtout Robert qui m'a élevée !

— Mais c'est complètement faux ! chuchota Tom.

— Taisez-vous ! chuchota en retour d'un ton sec Alexandra Romanov, puis d'une voix douce, elle reprit, que faites-vous maintenant, Julia ?

— Je suis dans le parc avec Robert. Il me parle... il me dit que je n'ai plus besoin d'être suivie médicalement et que nous allons bientôt devoir nous séparer. Je lui demande si je pourrai venir lui rendre visite ici... il... il me répond qu'on ne pourra plus jamais se revoir, que quand je partirai, je n'aurai plus aucun souvenir de ma vie ici... je me sens triste...

Tom était abasourdi par ce qu'il entendait.

— Vous avez passé votre vie dans cet hôpital Julia ?

— Oui.

— Mais c'est n'importe quoi ! intervint Tom.

— Silence, ordonna Alexandra Romanov, en lui jetant un regard courroucé. Puis, d'une voix douce, elle s'adressa à Julia. Très bien... Julia, vous allez essayer de vous souvenir lorsque vous étiez petite fille.

—... Je me rappelle que je jouais beaucoup avec un koala en peluche. C'est mon animal préféré.

J'ai rêvé où elle a pris une voix de petite fille, s'étonna Tom de plus en plus confus.

— Où êtes-vous Julia ?

— Dans la chambre stérile, répondit la jeune femme d'une petite voix.

Alexandra jeta un coup d'œil à Tom, blanc comme un linge, puis à Douglas, très concentré. Il semblait préoccupé.

— Est-ce que vous êtes toute seule ?

— Oui... j'attends oncle Robert... C'est lui qui vérifie tous les jours comment je vais. Il est très content parce qu'il trouve que je grandis vite ! Il prend mes mesures tous les jours.

— Tous les jours ?

— Oui, je grandis d'un centimètre tous les mois !

— Mon Dieu ! Mais c'est absurde !

— Qu'est-ce qui est arrivé à vos parents, Julia ?

— Je n'ai pas de parents. Oncle Robert m'a expliqué un jour que j'étais une petite fille très spéciale parce que je n'étais pas née comme les autres enfants....

— Continuez, Julia.

— Il m'a dit que je n'avais pas vraiment de maman et que... oh, ce n'est pas possible...

— Qu'est-ce qu'il vous dit, Julia ?

— Non, non, ce sont des mensonges !

Julia s'agita, en proie à des sanglots.

— Ouvrez les yeux Julia, vous n'êtes plus une petite fille !

Julia ouvrit soudain les yeux, se redressa et éclata en sanglots.

— Qu'est-ce qui s'est passé, chérie ?

Les pupilles dilatées, Julia les regarda tour à tour, puis s'adressa à son mari d'une voix blanche.

— Il m'a dit que j'étais le premier être humain né de la même façon que la brebis Dolly.

Il y eut un silence de mort. Chacun réalisait la portée de ce qui venait de se dire.

— Un clone ? Ils ont cloné ma femme ! hurla Tom en se levant.

— Robert Burke, mais bien sûr ! s'écria à son tour le policier en se levant à son tour. Je peux utiliser votre téléphone, mon portable n'a plus de batterie ?

— Oui, la porte à droite, indiqua Alexandra Romanov du doigt, aussi abasourdie que sa cliente. L'enquêteur suivit la direction indiquée. Julia et Tom échangèrent un long regard.

— Tom, tu ne dis rien ?

— Je... je suis bouleversé, finit-il par répondre.

— C'est pour ça que je vieillis dix fois plus vite que la normale ! Je n'ai pas de maladie.

Tom la regarda et se sentit soudain rempli de compassion pour cette femme au destin si tragique. Il l'attira à lui.

— Je vais vous laisser. Prenez le temps que vous voudrez.

— Merci, répondit Tom reconnaissant.

— Maintenant je comprends mieux pourquoi tu es vierge de souvenirs... À l'heure actuelle, ils ne doivent pas encore savoir comment implanter une mémoire affective.

— Je me sens si triste.

— Chuu. Ne parlons plus.

Ils restèrent ainsi puis Douglas entra dans la pièce et finit par toussoter pour manifester sa présence.

— Excusez-moi, fit Douglas en se raclant la gorge. J'ai lancé un mandat d'arrêt contre Burke. Je vais avoir besoin de votre témoignage pour le reconnaître.

— Je ne veux plus jamais revoir cet ignoble individu !

— Vous n'aurez pas à lui parler, vous serez derrière une vitre teintée, il ne vous verra même pas...

— Mais je ne connais pas son visage. Il était toujours masqué.

— Vous pourrez reconnaître sa voix ?

— Oui, certainement.

Dans l'heure qui suivit, la maison de Burke fut perquisitionnée, pendant que trois voitures de police encerclaient les portes d'entrée de l'hôpital. Burke n'eut pas le temps de fuir et ne montra que peu de résistance. Le réseau allait lui trouver le meilleur avocat de la province, c'était dans leur intérêt s'ils ne voulaient pas qu'il y ait d'autres têtes qui tombent. Mais Burke avait oublié un détail.

— On a la liste de ses acolytes, chef, et c'est beaucoup plus gros qu'on pensait. Ils ont des ramifications en Europe, annonça Jean, l'adjoint de Douglas.

— Vous avez pu décoder les noms qui étaient dans son ordinateur ?

— Oui, regardez... et ça, c'est ce qu'on a retrouvé chez lui.

— Un médaillon faélien.

— Gagné ! C'est la secte qui le finançait dans ses recherches !

— Le puzzle se met en place, on dirait. J'appelle Interpol.

***

L'enquête prit encore plusieurs mois. Beaucoup d'arrestations eurent lieu non seulement au Québec, mais également en Europe et aux États-Unis. La secte des faéliens fut démantelée et son chef arrêté. L'inspecteur Douglas put finalement faire le lien entre le cadavre retrouvé au printemps dernier et Julia Smith. Evelyn Fletcher avait été l'infortunée mère porteuse du fœtus cloné. Les faéliens n'avaient pas hésité à la faire disparaître sachant qu'elle n'avait aucune famille proche. Le clonage humain étant totalement interdit jusqu'ici, la secte ne voulait pas risquer que leur gourou fasse de la prison. Fletcher aurait fini par parler un jour.

Julia Smith identifia sans hésitation Robert Burke qui fut mis en détention avec cinq chefs d'accusation : abus de pouvoir, enlèvement, pratique illégale de la médecine, non-respect des codes d'éthique, et le plus grave : complicité pour meurtre. Il attend toujours son jugement.

Julia se fit confirmer qu'elle n'avait qu'un sursis de quelques années et décida de consacrer son temps à ses enfants. Elle accepta également de témoigner afin que l'histoire ne se répète pas. Quant à Tom, il négocia un temps partiel afin de passer plus de temps avec sa compagne et ses enfants. Ils ont décidé pour l'année suivante, si la santé de Julia le permettait, de partir en Australie pour deux mois, le pays du koala. Et leur devise est : un jour à la fois.

Chapitre 9

Le cinq octobre 2016, madame Turner, comme à son habitude éteignait enfin son poste de télévision et allait baisser le thermostat du chauffage pour la nuit. Trois rues plus loin, dans la cave de l'immeuble de la rue des Roses, la petite chatte tricolore mettait à nouveau bas. Deux étages plus hauts, Robbie Baker chantonnait tout en sortant du four un gâteau au chocolat qu'elle s'apprêtait à partager avec ses voisins de palier devenus au fil du temps des amis. Chez les Smith, le téléphone sonnait. Tom décrocha sous l'œil interrogateur de Julia. Il prit le combiné, écouta attentivement son interlocuteur et raccrocha. Tom se tourna vers Julia avec un large sourire. « L'enquête est enfin terminée et l'indemnisation pour ton enlèvement a été acceptée ! Je réserve les billets d'avion dès demain ! »

Ils échangèrent un regard complice, car l'un comme l'autre savait que techniquement Julia n'avait pas été enlevée. Tom chassa cette pensée et remercia silencieusement Dieu de lui avoir donné une autre chance tout en enlaçant tendrement sa femme. Sa chevelure était devenue blanche comme la neige.

Sur la table de la cuisine, le journal ouvert à la première page titrait : « Peine de deux ans pour Vapenna ! » Le journal avait inséré la photo de Maurizio Vapenna, les yeux baissés et menottés. Tom reprit la lecture de l'article en buvant son café tiède. La police avec l'accord de la justice, avait décidé de ne pas divulguer l'identité de Julia afin de lui éviter de devenir un objet de cirque... et peut-être même de susciter des réactions hostiles de la part de la population. À part les intimes, la plupart pensaient que Julia s'en était sortie finalement après un long rétablissement dû à une séquestration.

— Tu entends ça, chérie ? Vapenna va devoir suivre une cure de désintoxication en prison, ce qui pourrait éventuellement alléger sa peine.

— Je vais aller réveiller les filles. De vrais petits loirs.

Tom marmonna une réponse inintelligible, totalement absorbé par la lecture d'un petit encart au dos du journal. *Incroyable !* « Personnes recherchées pour tester un nouveau produit pharmaceutique contre le vieillissement prématuré. Ce médicament pourrait être efficace pour lutter contre les dégénérescences causées par les maladies incurables. »

— JULIAAAAA ! hurla Tom en se levant précipitamment.

En quelques enjambées, il la rejoignit et sans même saluer ses filles, expliqua à sa femme qu'il y avait un espoir dans la recherche. Il était surexcité.

***

Tom donna le nom de Julia à la compagnie pharmaceutique qui la priorisa parmi tous ses candidats. Elle était une occasion rêvée pour une équipe de chercheurs ! Le processus fut long et dura plusieurs mois pendant lesquels la jeune femme devait prendre ses traitements à heures fixes. Et puis un beau matin...

— Oh Maman, tes cheveux ! fit Elaine surprise, une tartine dans la main alors que sa maman lui servait un bon chocolat chaud.

— Qu'est-ce qu'ils ont mes cheveux, trésor ?

— Ils sont bruns.

Julia manqua renverser le bol de sa fille. Elle se précipita devant le miroir du salon. Et là, à son plus grand étonnement, elle remarqua non seulement sa chevelure redevenue brune, mais son visage éclatant de santé. Les rides et les ridules avaient disparu. *Ça a marché !!! Oh merci mon Dieu !*

Aux cris de joie, Tom qui se rasait dans la salle de bain, se précipita au salon et y découvrit sa femme. Ce qu'il vit le laissa sans voix. Julia était magnifique. Oui, il avait observé une amélioration graduelle de son apparence, mais aujourd'hui, sa femme était resplendissante de santé.

— Tom, ce n'est pas le médicament qui m'a guéri, c'est notre grand Dieu, je le sais.

— Depuis quand crois-tu Julia ? s'étonna son mari.

— Depuis que j'ai remarqué la foi d'Elaine et de Lily. Elles m'ont impressionnée. Je priais depuis le début, mais dans le secret de mon cœur.

— Je suis fière de toi, Julia Smith, dit simplement Tom admiratif.

— Et j'ai quelque chose à te dire. Les filles, voulez-vous allez faire votre lit ?

Elaine et Lily protestèrent, mais finirent par quitter la pièce en traînant les pieds.

— Qu'est-ce que tu veux me dire ? demanda Tom, légèrement inquiet.

— Et bien, je t'ai pardonné pour Megan. Et je lui ai pardonné également.

Tom blêmit d'un coup.

— Tu... Tu étais au courant ?

— Comme tu es naïf Tom. Les enfants finissent toujours par parler... faire des commentaires. On devrait l'inviter à dîner d'ailleurs.

— Qui ?

— Mais Megan, voyons !

— Je... Je ne sais pas si c'est vraiment une bonne idée.

— C'est une très bonne idée. Ça fait plus d'un an et demi. Et comme Megan a un fiancé maintenant, on l'invitera aussi.

Julia colla une bise sur la joue de son mari et tourna les talons, lui signifiant que la conversation était terminée et le sujet réglé. Tom compris qu'il allait maintenant devoir se pardonner

Épilogue

Le dîner chez les Smith avec Megan et son fiancé eut bien lieu. Chacun et chacune s'était mis sur son trente-et-un, histoire de faire bonne impression. Megan et Tom, tendus au départ, finirent par s'apprivoiser doucement. Megan était toujours aussi jolie, mais il émanait d'elle quelque chose de plus posé, plus serein. Elle avait finalement trouvé chaussure à son pied. Elaine, particulièrement attachée à Megan, avait voulu à tout prix la jeune femme à ses côtés. Elle la regardait avec de grands yeux admiratifs.

— Mange, Elaine ! ordonna Julia.

Megan prit la parole.

— Vous devez être content de la sentence reçue par ce chirurgien, comment s'appelle-t-il déjà ?

— Burke ? Il a reçu une sentence ? questionna Tom.

— Oui, Burke, c'est ça ! Ah, vous n'êtes pas au courant ? C'est sorti aux nouvelles hier soir.

— Nous n'avons pas allumé la télévision depuis quelques jours, fit Tom penaud.

— Alors ? l'interrompit Julia.

— Quinze ans fermes ! Il a été écarté pour le meurtre de la mère porteuse. Il n'était pas au courant, répondit Megan.

— Quinze ans ! Quel gâchis qu'un si brillant chirurgien soit mis sous les verrous, soupira Tom.

— A-t-il des remords ? demanda Julia.

— Pas vraiment. Il clame haut et fort qu'on l'emprisonne pour avoir donné la vie.

— Imagine, si le clonage était toléré ! C'était le rêve d'Hitler, admit Tom.

— Il faut garder une éthique si nous ne voulons pas courir à des dérives, murmura Julia.

Tom s'aperçut que la conversation commençait à affecter Julie et détourna adroitement le sujet. Mais c'est Elaine qui eut le mot de la fin.

— Moi, je serai plus tard chercheur pour trouver des remèdes pour les mamans malades !

La remarque et la candeur avec laquelle elle avait été dite, firent rire les adultes.

Après beaucoup d'épreuves, une nouvelle vie s'annonçait pour la petite famille...

FIN

DU MÊME AUTEUR

À LA RECHERCHE DE SHÉÏDA, publié aux *Éditions Scripsi, Société Biblique de Genève*, 2014

SEARCHING FOR SHEIDA, à paraître (été 2016) Éditions *Westbow Press, a division of Thomas Nelson & Zondervan* (version anglaise d'À la recherche de Shéïda)

LA FEMME DE TOM, publié sur *Amazon*, 2016

DISTINCTION :

Gagnante du prix fiction Word Guild pour À LA RECHERCHE DE

SHÉÏDA, juin 2016, Canada

AFFILIATIONS

Anne Cattaruzza est membre de la SACD (Société des Auteurs Compositeurs Dramatiques) depuis 2004 et membre de la Word Guild depuis 2015 (Guilde des auteurs chrétiens canadiens).